韓國의 漢詩 19

梅泉 黃玹 詩選

韓國의 漢詩 19

매천 황현 시선

허경진 옮김

평민사

나는 조선조의 시인이라면 손곡 이달과 석주 권필을 가장 먼저 든다. 그런데 매천의 시에는 이들이 지니지 못한 다른 세계와 다른 인간이 그려져 있다. 이들의 시집보다도 《매천시집》을 먼저 번역했던 까닭도 이에 있다. 요즘 같은 세상에서 매천의 시는 새로운 눈으로 읽어볼 필요가 있기 때문이다.

매천 시의 매천다운 점은 〈목숨을 끊으며〉를 비롯한 우국시(憂國詩)에서 드러난다. 그러나 이 시선집에 실리는 시의 선정은 우국시에다 한정시키지는 않았다. 그렇게 되면 그의 사람됨이 너무 평면화되고, 또한 경직되기 때문이다. 그래서 풍월을 읊은 시들도 뽑아서 그의 시인다운 여유도 보여주었으며, 손자를 품에 안고 기뻐하는 시를 뽑아서 그의 소박한 모습을 보여주었다. 그의 우국시 가운데 어떤 것들은 요즘의 우리 눈에 고루하게 비칠 것 같아 치워놓았으며, 동학군을 왕조에 반역하는 무리로 비난한 시도 한두 편만 예로 들고는 밀쳐 두었다. 〈목숨을 끊으며〉만 염두에 두었던 독자들의 기대에 조금 어긋날지도 모르겠고, 또한 가장 좋은 시들만 선정했다는 자신도 안 서지만, 매천의 여러 모습을 보여주느라고 애를 쓴 셈이다.

내가 매천의 한시를 번역해 보려고 처음 생각한 것은 20년 전이었다. 어느 책장사 노인에게서 구입한 필사본 《매천시초》를 통해서 185수나 되는 그의 한시를 읽기 시작했는데, 이름 모를 선비의 글씨가 무척 단아해서 마치 매천의 사람됨을 엿보는 듯했다.

　이 시선집은 6년 전에 간행되어 『오늘의 책』으로 선정된 적도 있지만 널리 소개되지 못했기에, 새로운 해설을 덧붙여 〈한국의 한시〉 총서 제19권으로 다시 간행한다.

　1991년 한글날
　허경진

차례 ❧

대보름의 민속을 즐기며

매천 황현 시선

梅泉 黃玹

연곡사*
燕谷寺 · 1877

절이 낡아 불당에는 부처의 그림도 없는데
오직 탑 하나가 구름에 기대어 남았네.
새벽 하늘에선 은하수가 바로 쏟아지려 하고
텅 빈 골짜기에선 물과 바람이 부딪쳐 소리지르네.
마을이 대숲에 가까워 개 짖는 소리가 들리고
재가 끝난 불당 귀퉁이엔 영험스런 까마귀들 모여드네.
저 많은 밤나무는 누가 다 심었을까
나무마다 울긋불긋 그 모습 아름다워라.

寺古佛堂無畫圖.　　惟存一塔倚雲孤.
曉天星漢政搖落,　　空谷水風相激呼.
村近竹間通吠犬,　　齋休殿角集神烏.
萬株洞栗誰栽得,　　樹樹靑黃境絕殊.

■
* 연곡사는 지리산에 있다. 이 시는 《매천집》에 실린 시 가운데 가장 먼저
　(1877) 지어진 것이다.

문과 급제자 방(榜) 붙인 것을 보고*
看文科放榜 · 1878

아름다운 피리 소리 고관들의 수레 곳곳마다 봄이 왔건만,
길마다 하늘이 어두워지고 말발굽에선 티끌만 날리네.
안탑(雁塔)¹⁾이 이름 남길 만한 곳인지 알지 못하겠거니와
저 가운데 몇 사람이나 불쌍한 창생을 건져낼 수 있으려나.

珂笛輪軒處處春,　　九街天暗馬蹄塵.
不知雁塔留名地,　　濟得蒼生有幾人.

＊ 이 시는 그가 24살 때인 1878년에 지었다. 이 무렵에 그는 서울을 구경하러
　와 있었다.
1) 사천성 미산현 학령성문 밖에 있는 탑 이름. 동·서로 두 개의 탑이 있다.
　송나라 건도(乾道: 1165~73)년간에 세워졌는데, 그 지방의 선비 가운데 소
　동파(蘇東坡)라든가 소철(蘇轍) 같은 과거 급제자의 명단을 그 위에 써서
　남겼다. 섬서성 장안현 남쪽에 있는 자은사에도 안탑이 있는데, 이 탑에도
　당나라의 급제자들이 이름을 써서 남겼다.

강마을을 바라보면서
望江村 · 1879

안개 속 높고 낮은 나무들 너머로
여나믄 고기잡이의 집들이 보이네.
버드나무 아래론 곧게 돛을 세운 배가 지나가고
울타리에선 비스듬히 그물을 펼쳐놓고 깁네.
잘다란 꽃 아래에선 물고기가 물결 일으키고
서늘한 빗줄기 속에선 해오라기가 모랫벌에 서 있는데
이 마을 돌아다보니 티끌 세상이 꿈 같지만
머물고 싶어도 다시금 갈 길은 멀기만 해라.

高低烟樹外,　　　多少浦人家.
過柳懸帆直,　　　張籬補綱斜.
細花魚作浪,　　　凉雨鷺占沙.
顧此塵埃夢,　　　欲從還路賒.

금강산 백운대
金剛山白雲臺 · 1880

올라갈 길도 다한 곳에 철사 잔교가 쇳소리 내며 우네.
백운대에 한번 올라보니 진성을 기를 만하구나.[1]
황랑도 끝내는 인간 세상의 나그네라,
이름난 산을 사랑하지만 또한 이 몸도 사랑한다네.

路盡錚鳴靑鐵線.　　雲臺一上定棲眞.
黃郎竟是人間客,　　縱愛名山亦愛身.

---

1) 진성을 존양(存養)하여 본원(本元)으로 돌아간다는 뜻이니, 선인(仙人)의
경지를 의미한다. 《진서(晉書)》 권72 〈갈홍열전 논(葛洪列傳論)〉에 "덕에
편안히 즐기고 진성을 길러서 세속 일 밖에 초탈했다.[游德棲眞, 超然事
外]"라고 하였다.

동복 산골짜기에서
同福峽中 二首 · 1883

2

인삼밭이 한창 잘 돼도 인삼집은 가난키만 해라.
관리들은 캐어가기만 하고 값은 물어보지도 않네.
이것들을 어찌 길러야 어지신 사또를 모시게 될 때[1]
다섯 잎[2] 파랗게 돋는 인삼을 편한 마음으로 찾게 되려나.

參圃盛時參戶貧. 　　 官人採取不論銀.
何當乳復珠還日, 　　 穩覓三椏五葉春.

■

1) 합포(合浦)에는 곡식이 나지 않았지만 바다에서 아름다운 구슬이 많이
　 나서, 사람들이 그것을 사려고 많이 찾아왔다. 많은 돈을 남기고 쌀도
　 사들였다. 그러나 탐욕스런 태수들이 계속 찾아들어 구슬을 마구 캐어
　 내자, 구슬들이 차츰 이웃 고을인 교지(交趾)로 옮겨갔다. 그 뒤로는 장
　 사꾼들도 모여들지 않고 돈도 다 떨어져서, 가난한 사람들은 길 위에서
　 굶어 죽기까지 했다. 태수 맹상(孟嘗)이 부임해 와서 예전의 폐단을 없
　 애고 백성들의 이익을 돌보게 되자, 일년도 안 되어서 구슬들이 다시 돌
　 아왔다.
2) 삼아(三椏)나 오엽은 모두《본초강목》에 나타난 인삼의 이름이다.

17

강위 선생의 죽음을 듣고 통곡하며
哭秋琴先生 四首 · 1884

1

어릴 적부터 그 이름 천둥처럼 들어 몸집이 크신 분인가
여기다가,
내 몸소 뵙고 보니 파리하게 여위신 분이셨지.
정치세계 바깥에서도 두 눈동자는 만국에 통하였고,
책 속에 숨은 한 치 혀로는 뭇 선비들을 꺾으셨지.
이 산 저 산 바람처럼 찾아다니며 황정(黃精)[1]을 먹고는
이곳저곳 돌아다니며 호탕하게 술병을 비우셨지.
우거진 나무에 꽃이 피고 달은 강물 위로 떨어졌는데[2]
한 번 왔다가 가시니 세상엔 이제 없으시구나.

童時雷耳想魁梧.　　及我見之山澤癯.
局外雙瞳通萬國,　　書中寸舌破群儒.
飄颻五岳黃精飯,　　浩蕩千場白玉壺.
深樹花開江月墮,　　一番來往世應無.

■
* 이 시는 1884년에 지어졌다. 강위(姜瑋)의 호는 추금(秋琴) 또는 고환자
(古懽子)이다. 제주도로 유배된 추사 김정희를 찾아가 많은 감화를 받았
다. 1821년에 태어난 그는 50년대에 태어난 황현 · 김택영 · 이건창 등에
게 스승 노릇을 했다. 강화도조약에 참석한 뒤로도 일본 · 청나라를 돌아
다니며 국제 정세를 바로 보았다. 그러나 벼슬을 하지 못하고, 계속 떠돌
아 다녔다.
1) 죽대의 뿌리. 비위(脾胃)를 돕고, 원기를 더하는 약.
2) 이 일곱 자는 바로 강위가 지은 싯구절이다. (원주)

3

칠척의 초라한 모습에 옛스러운 수염과 눈썹으로
인간 세상에서의 유희가 늙어갈수록 기이하셨네.
한 자루 칼로 중국을 돌아다닐 땐 천지도 작다 여겼고,
돛을 띄워 동해바다를 건널 땐 해도 더디다 여기셨지.
문장에 깨달음이 있어 끝내 불가에 귀의하셨고,
경세제민 여의치 않아 늙어가며 시에 몸을 맡기셨네.
죽은 뒤에 처량하게도 붉은 명정이 중했으니,[3]
그 벼슬 비록 초라했지만 성상께선 알아주셨네.

龍鍾七尺古鬚眉.　　游戲人間老更奇.
倚劍西雲天下小,　　揚帆東海日輪遲.
文章有悟終依佛,　　經濟違心晚托詩.
身後凄凉丹旐重,　　一官雖薄聖明知.

---

3) 명정(銘旌)에는 망인(亡人)의 관직을 쓴다. 강위는 수신사 수행원으로
　　일본에 가던 63세에 선공감 감역(繕工監監役, 종9품)에 제수되었다.

이충무공의 거북선
李忠武公龜船歌 · 1884

천구(天狗)가 달을 먹어들어 넓은 바다가 다 말라붙고
북풍이 만리를 불어와 부상[1]을 꺾었었네.
주흘산[2] 웅장한 관문이 이미 땅바닥에 엎어지고
수군 십만 대병이 그대로 들이닥쳤네.
원씨 집안의 늙은 장수는 한낱 밥자루에 불과해
혼자 갑옷 입고 섬에 숨으니 개미만한 구원[3]도 끊어졌었네.
국토를 귀중케 맡기신 뜻 너와 내가 따로 없으니
거룻배를 어찌 진이 월 보듯[4] 할 수 있으랴.
좌수영 남문이 활짝 열리자 둥둥 북을 울리며 거북선이
나타났네.
거북 같기는 한데 거북 아니고 배 같기도 한데 배가 아닐세.
판옥선이 푹 솟아 돌 때마다 고래가 물 뿜듯하네.
네 다리가 돌아가면 수레바퀴가 되고
양 옆구리에는 비늘을 펼쳐 창(槍) 구멍을 만들었네.
스물네 개의 노는 물결 속에서 춤추고

■

1) 동해바다 가운데 있었다는 큰 신목(神木). 해가 뜨는 곳.
2) 문경 새재 북쪽에 있는 가파른 산. 영남에서 북으로 올라가는 관문이다.
3) 한유(韓愈)의 〈장중승전후서(張中丞傳後序)〉에 "성을 지키고 있을 때 밖으
   로는 개미만한 원군도 없었지만, 충성을 바치고 싶은 곳은 국가와 임금뿐
   이었다.[當其圍守時, 外無蚍蜉蟻子之援, 所欲忠者, 國與主耳.]"고 하였다.
4) 춘추 · 전국시대에 진나라는 북서쪽, 월나라는 남동쪽에 있었으니, 가장 사
   이가 멀었다.

노 젓는 수군도 수면 밑에 앉고 누웠네.
코로는 검은 연기 내뿜고 눈에는 불을 켰으니,
펼치면 노니는 용이다가 움츠리면 한 마리 자라 같아라.
왜놈들 하늘만 올려다보며 통곡하다간 시름에 빠지니,
노량 한산 앞바다가 붉은 핏물로 출렁이네.
적벽의 소년은[5] 시절이 다행한 때를 만나고
채석산의 서생은 담대한 결단을 과시했지만,[6]
누가 능히 바다를 가로지르며 백전을 치르겠나.
고래를 자르고 악어를 베어도 칼날이 이지러지지 않았네.
이백 년 지나며 지구가 터지더니
화륜선이 동으로 와 불꽃이 해를 가렸네.
고요한 양(羊)의 나라에 호랑이가 쳐들어 와
화기가 하늘을 찔러 살기가 발했네.

5) 주유(周瑜)가 스물네 살에 손책을 도와 큰 공을 세우고 중랑장 벼슬을
   받자, 오(吳)나라 사람들이 그를 주랑(周郎)이라고 불렀다. 이 시에서는
   적벽대전에서 화공법(火攻法)으로 공을 세운 주유에게 충무공을 견준
   것이다.
6) 남송(南宋) 연간에 우윤문(虞允文)이 예부 낭관(禮部郎官) 등을 역임하
   고, 금나라에 사신을 다녀와서 무비(武備)의 확충을 건의했는데, 뒤에
   과연 금주(金主)가 대군을 거느리고 쳐들어와서 채석산(采石山) 아래
   진을 쳤다. 우윤문이 소수의 패잔병을 수습하여 위험을 무릅쓰고 전투
   를 독려하여, 마침내 채석의 대첩을 거두었다. 《송사(宋史)》 권383 〈우
   윤문열전(虞允文列傳)〉

지하에 계신 충무공을 모셔올 수만 있다면
주머니 속에 반드시 신묘한 전술 있으리니,[7]
거북선처럼 이기는 지혜 다시금 짜내시면
왜놈들은 목숨을 빌고 양놈들도 사라지리라.

天狗蝕月滄溟竭.   罡風萬里扶桑折.
主屹雄關巳倒地,   舟師十萬仍豕突.
元家老將一肉袋,   孤甲棲島蚍蜉絕.
封疆重寄無爾我,   葦杭詎可秦視越.
左水營南門大開,   淵淵伐鼓龜船出.
似龜非龜船非船,   板屋穹然碾鯨沫.
四足環轉爲車輪,   兩肋鱗張作槍穴.
二十四棹波底舞,   棹夫坐臥陽侯窟.
鼻射黑烟眼抹丹,   伸如遊龍縮如鼈.
蠻子喎喎哭且愁,   露梁開山漲紅血.
赤壁少年逢時幸,   朵石書生誇膽決.

■

7) 후연(後燕) 성무제(成武帝) 모용수(慕容垂)가 거사(擧事)하면서 말하였다.
"나의 계략은 이미 결정되었다. 나는 늘그막에 이르렀는지라 내 주머니 속
의 지혜를 짜내면 충분히 이길 수 있으니, 다시 역적을 남겨 두어 자손에게
누가 되지 않게 하겠다.[吾計決矣. 且吾投老, 扣囊底智, 足以克之, 不復留
逆賊以累子孫也.]"《진서(晉書)》권123〈재기(載記) 모용수(慕容垂)〉

孰能橫海經百戰, 截鯨斬鱷鋩不缺.
二百年來地毬綻, 輪舶東行焰韜日.
熨平震土虎入羊, 火器掀天教機發.
九原可作忠武公, 囊底恢奇應有術.
創智制勝如龜船, 倭人乞死洋人滅.

제삿술을 마시고
春社* · 1884

이웃집에 술 마시러 갔더니 제삿술이 흐더분해라.
보릿고개라 닭고기 돼지고기 먹기 쉽지 않네.
꿈 속에 호랑나비 되어 인간 세상에 노닐며 보니
우리 집은 도화동 좋은 마을에 있네.
함께 배워 훌륭한 아우 진취함을 보기도 좋고
거친 밭이나마 갈 곳이 있어 좋아라.
지금만 같다면야 어느 시절이 부러우랴
맑은 밤 노래를 부르는 사이 달빛이 문에 이르렀네.

赴飮東隣社酒渾.　　春荒未易飽鷄豚.
夢遊蝴蝶人間世,　　家在桃花洞裏村.
同學好看佳弟進,　　可耕猶喜薄田存.
如今更待何時足,　　淸夜行歌月到門.

■
* 중춘(仲春)에 토신(土神)에게 농사의 순조로움을 비는 제사.

진사 김횡의 죽음을 슬퍼하며
金進士鑠挽 · 1885

넓은 띠에 높은 관 티끌 세상에 더럽혀지지 않고
십년 나그네 생활에 일평생이 가난하였네.
언제나 세상을 가볍게 여기고 벼슬 구할 생각을 않았
으며,
재주를 감추긴 했지만 사람이 지켜야 할 덕은 갖추었네.
하늘이 글 읽는 선비 미워하는 줄 여지껏 아지 못했으니,
지금부턴 그 누가 다시 재주 있는 이를 사랑하려나.
강산을 찾아다니자던 약속도 이젠 처량해졌으니,
언젠가 혼자 돌아다니면 갑절이나 한스럽겠지.

博帶巍冠不染塵.　　十年羈旅一生貧.
適然玩世非干祿,　　縱是和光也立身.
未解天憎讀書士,　　從今誰復愛才人.
凄凉四郡江山約,　　匹馬他時恨倍新.

소취 정경석에게 부치다
寄鄭小翠卿錫 · 1886

그대처럼 애써 글 배운다면 쇠방망이도 갈 수 있고,[1]
십년 동안 형설의 공 닦았으니 바위 언덕도 녹일 수 있지.
반생 동안에 그대 학문 이루어진 걸 보니
재주 많은 게 두렵지 않고 많이 읽는 게 두려워라.

苦學如君鐵可磨. 　十年螢雪銷岩阿.
友朋半世看成就. 　不怕才多怕讀多.

■

1) "(마침계磨針溪는) 상이산 아래 있는데, 세상에 전하는 말에 의하면, 이태
백이 이 산속에서 글을 읽다가 미처 다 성취하기 전에 이곳을 버리고 떠나
면서 이 시내를 지나다가, 한 노파가 한창 무쇠 절굿공이를 갈고 있는 것을
보고는 그 까닭을 물었다. 노파가 '바늘을 만들기 위해 갈고 있다.'고 말하
자, 이태백이 그 뜻에 감동을 받아 되돌아가서 학업을 마쳤다고 한다.[在象
耳山下, 世傳李太白讀書山中, 未成棄去, 過是溪, 逢老嫗方磨鐵杵, 問之, 曰
欲作針, 太白感其意還, 卒業.]"―축목(祝穆)《방여승람(方輿勝覽)》〈마침
계(磨針溪)〉

봉성 만수동으로 집을 옮기니 눈이 내려서*
丙戌臘月八日移寓鳳城之萬壽洞窮山雪積索居有懷 · 1886

2

온돌이 따뜻해 병풍 아래 잠 한숨 자고 나서
창문을 열고 흐르는 겨울 강을 상쾌히 보네.
명절이라 집집마다 아낙네들은 절구질하고
잘 가꾸어진 숲속에는 나무마다 매화가 피었네.
꿈 속에 옛사람을 만나서 기백을 자랑했건만.
누워서 눈 내리는 소리 들으며 글재주 없음을 한탄하네.
여보!¹⁾ 솔술이 진하다고 말하지 마오.
요즈음의 궁핍한 시름을 끊을 길이 없다오.

突煖屏低睡一回.　　開窓快見凍江來.
歲時兒女千家杵,　　經濟山林萬樹梅.
夢見古人誇魄力,　　臥聞微雪恨詩才.
卿卿休說松醪勁,　　此際窮愁未易裁.

■

* 원문 제목이 길다. 〈병술년 12월 8일에 봉성의 만수동으로 이사하여 눈 쌓인 깊은 산속에서 쓸쓸히 지내며 회포를 읊다〉

1) 원문의 경경(卿卿)은 당신 또는 자네라는 뜻으로, 본디 아내가 남편을 친근하게 부르는 말이다. 진(晉)나라 왕융(王戎)의 아내가 왕융을 당신이라고 부르자, 왕융이 말하기를 "부인이 남편을 당신이라고 부르는 것은 불경스러우니, 다시는 그렇게 부르지 마오." 하였다. 그러자 부인이 이렇게 말하였다. "당신을 친하고 당신을 사랑하기 때문에 당신을 당신이라고 부르는 것이니, 내가 당신을 당신이라고 부르지 않는다면 누가 당신을 당신이라고 부르겠소.[親卿愛卿, 是以卿卿, 我不卿卿, 誰當卿卿.]"《세설신어(世說新語) 혹닉(惑溺)》

섬진강을 따라서 동쪽 하동으로 내려오며
沿蟾江東下河東 · 1887

하루 내내 강물을 따라 내려오다 보니
물가의 모래밭이 눈에 익숙해졌네.
안개가 짙어서 북소리도 가라앉고
돛폭이 찢어져 비릿한 시장 냄새가 펄럭이네.
눈이 내려서 남악(南岳)을 덮었고
하늘이 푸르러져 동정호(洞庭湖)로 들어섰네.
십년 전 옛날에 왔었던 걸음인데,
무슨 일로 이곳을 내 다시 찾아왔나.

終日循江下,　　　汀洲慣眼成.
鼓唔船霧重,　　　帆裂市風腥.
雪盡橫南岳,　　　天靑入洞庭.
十年亦陳跡,　　　何事此重經.

쌍계사를 거쳐 국사암에 오르다*
偕趙東石由雙溪寺上國師菴爲十日遊期宣悠
然在箕王石藍師沖鄭茶海圭錫成南坡蕙永
追到共賦 · 1887

1

선산(仙山)은 바라볼 수 없다고 멋대로 말들 하지만,
천년 바다 밑 세상에서 동방이 나타났네.
그 가운데 가장 아름다운 곳이 쌍계에 있는데,
어이하여 덧없는 인생은 흰 머리만 늘어났나.
붉은 잎과 푸른 이끼도 여느 세상과는 다르고
문창 · 옥보 두 분도 이곳이 고향이었지.
풍진 세상 속을 떠돌아다닌 내 모습이 부끄러워
청학루 앞에서 그만 길을 잃어버렸네.

謾道仙山不可望.　　千年海底出東方.
就中佳處雙溪在,　　何故浮生白髮長.
紅葉靑苔都異世,　　文昌玉寶此爲鄕.
愧余來往風塵裏,　　靑鶴樓前路已忘.

---

* 원 제목이 무척 길다. 〈조동석과 함께 쌍계사를 거쳐 국사암에 올라가
열흘 동안 놀기로 기약하였는데, 유연 선재기, 석람 왕사충, 다해 정규
석, 남파 성혜영이 나중에 왔기에 함께 읊다〉
동석은 조정현(趙正顯)의 호인데, 고종(高宗) 연간에 구례(求禮) · 광양
(光陽)의 현감(縣監), 하동도호부사(河東都護府使) 등을 역임했다. 정
규석은 중추원 의관(中樞院議官) 등을 역임했다.

무자년 생원 복시에 장원하고 짓다
戊子二月生員覆試預魁選有作 · 1888

서생이 두더지 배로[1] 강물 깊은 것을 깨닫고 보니,
예전에 헛되게 애쓴 것 도리어 우습구나.
멀리 고향에서 급제 소식[2] 들을 걸 생각해 보니,
부모님의 한 번 웃음이 천금 값어치는 되리라.

書生鼴腹覺河深.　　還笑從前枉費心.
遙想鄉園聞喜日,　　爺孃一笑抵千金.

---

1) 큰 두더지기 강물을 실컷 먹어봐야, 사기 배나 가득 채운 데 지나지 않는
   다. 《장자》
2) 당대(唐代)에 진사 급제자를 방방(放榜)한 다음, 이들을 장안(長安)의 곡강
   정(曲江亭)에 모아 놓고 베풀었던 주연을 문희연(聞喜宴) 또는 곡강회(曲
   江會)라고도 하였는데, 조선시대에도 이 표현을 많이 썼다.

해사 안중섭 상사와 함께 도림사에 놀러가서*
同海史安上舍重燮游道林寺 二首 · 1888

1

작은 언덕과 낮은 산 두어 고을을 지나니
단풍 숲이 물에 비쳐 맑은 가을 흔적을 냈네.
평생토록 절에 이를 때마다 가슴 속에 와 부딪히는 건
〈스님이 달빛 아래에서 문을 두드린다〉[1]는 다섯 글자
시구라네.

小小岡巒過數村,　　楓林映水滄秋痕.
平生到寺心空折,　　五字僧敲月下門.

■
* 상사(上舍)는 조선시대 생원(生員)이나 진사(進士)를 이르던 말인데, 해
　사 안중섭이 1882년 진사시(進士試)에 합격하였다.
1) 당나라 시인 가도(賈島)가 이 다섯 글자의 시구를 얻고는 〈민다〉(推)로
　할까 〈두드린다〉(敲)로 할까 망설이다가, 당시의 문장가인 한유(韓愈)
　의 권고로 〈두드린다〉는 글자로 정했다.

삼월에 영남을 가려고 문을 나서면서

三月將往嶺南出門口占 · 1889

어지러운 집안일을 깨끗이 끊어버리지 못했기에,
문을 나서면서도 고개를 자꾸만 돌리게 되네.
논과 삼밭 열 마지기는 아우들에게 나누어 주고,
범벅이건 죽이건 한 달 생활은 늙은 아내에게 맡겼네.
종놈은 내 재주를 사랑했기에 데려갈 생각났지만,
나귀는 개만큼 작아서 끌고가고 싶지 않아라.
문 앞의 버드나무에게 은근스레 하직하노니
봄바람에 늘어진 네 만 가닥 실을 못 보겠구나.

家累紛紛剪未齊.　　出門猶復首重回.
禾麻十畝分諸弟,　　饘粥三旬仗老妻.
奴愛吾才差可戀,　　驢如狗小欲無携.
殷勤寄謝門前柳,　　負汝春風萬縷低.

홍류동
紅流洞 · 1889

봉우리가 너무 파래서 검푸르게 보이고
지는 햇살은 산언덕 소나무에 걸렸네.
맑은 꽃 앞에 고인 물을 어지럽히고
사람은 바위 틈 사이로 하늘을 엿보네.
절간은 들어가는 길이 없는 듯 보이건만
신선은 마음으로 전한 게 있네.
어느새 홍류동에 이르러
정자에 올라보니 다시금 아득해라.

甚青峯轉黝,　　　斜日在松巓.
馬亂花前水,　　　人窺石竇天.
寺疑無徑入,　　　仙亦有心傳.
旣到紅流洞,　　　登亭更杳然.

바위에 새긴 이름이 많기도 해라
紅流洞見石刻題名甚多 · 1889

푸른 벼랑에 붉게 새긴 이름들이 햇빛 속에 어지러우니,
이렇게 해야 하사(下士)는 이름을 알리겠지.[1]
따로 인간세계가 있어 참으로 그 이름 썩지 않으리니,
지금 바위와 골짜기가 모두 최고운(崔孤雲)일세.

蒼崖丹刻日紛紛.　　此事惟堪下士聞.
別有人間眞不朽,　　至今岩壑盡孤雲.

---

1)《안씨가훈(顔氏家訓)》〈명실(名實)〉에 "상사는 이름을 잊어버리고, 중사는 이름을 위주로 하며, 하사는 이름을 훔친다.[上士忘名, 中士主名, 下士竊名.]"고 하였다.

서재 구안실을 세우고서
苟安室始成 · 1890

1

한가로운 땅을 골라 띠와 대나무로 집을 세우곤,
내 오두막을 사랑하여 현판까지 걸었네.
뜰을 질러가는 마을길도 막지 않고
문을 열면 다 들어오도록 주산에 자리 잡았네.
밥 먹고 나면 형제들이 따라 나오고
꽃밭 속에선 아이들이 장난치는 곳.
원숭이와 새 말고는 찾아오는 사람도 없어,
사립문이라고 만들긴 했지만 잠가본 적이 없네.

茅竹蕭條揀地閒.　　愛吾廬舍署堂顔.
貫場不禁村行路,　　開戶全收宅主山.
兄弟追隨來飯後,　　兒童游戲在花間.
除非猿鳥無人到,　　縱設柴門且莫關.

개인 여름날
夏晴 · 1890

사람이 사는 곳을 떠나 들어선 듯
비온 뒤 시냇물 소리가 더욱 귀를 울리네.
석류꽃 향기는 늦모종을 재촉하고
오동잎 물방울이 새로 짓는 시를 적시네.
오래된 장마로 소 · 양이 게으르고
외진 마을이라 오리까지 더디 익는 곳.
맑은 한낮의 한바탕 꿈을
누구에게도 알리고 싶지 않구나.

廻似離人境,   溪聲最壯時.
榴薰催晚稼,   桐溜浥新詩.
積雨牛羊倦,   窮村柹果遲.
一回淸晝夢,   端不許人知.

약속대로 해학과 함께 화엄사에 가다
赴海鶴華寺之約 · 1891

말머리에서 저녁종이 울리며 날이 벌써 저무는데
목란꽃도 다 늙어서 그 옛날을 생각케 하네.
푸른 깁 붉은 소매는 평중[1]을 조롱하고,
봄 풀과 우는 새는 혜련[2]을 꿈꾸게 하네.
나를 불러 술 마시자니 비가 와도 사양치 않으리라.
산이 그리워 스님과 함께 자기를 오랫동안 꿈꿔 왔었지.
독서대 가는 길이 아직도 기억나거니
백탑 앞에 벽돌 계단이 또렷하여라.

---

1) 평중(平仲)은 송나라 재상 구준(寇準)의 자이다. 시인 위야(魏野)가 구
준을 수행하여 섬부(陝府)의 승사(僧舍)에 가 노닐면서 각각 시를 지어
남겼는데, 뒤에 다시 함께 그 승사에 놀러 가서 보니, 구준의 시는 푸른
깁으로 잘 싸서 보호하였으나, 위야의 시는 그대로 방치하여 벽에 가득
먼지가 끼어 있었다. 이때 일행을 수행했던 총명한 관기(官妓)가 즉시
자기의 붉은 옷소매로 그 먼지를 닦아내자, 위야가 천천히 말하기를
"항상 붉은 소매로 먼지를 닦을 수만 있다면, 응당 푸른 깁으로 싸 놓은
것보다 나으리.[若得常將紅袖拂, 也應勝似碧紗籠]"라고 하였다. 《당척
언(唐摭言)》 권7
2) 남송(南宋) 때의 시인 사혜련(394~430). 사령운과 함께 모여서 문장을
즐겼다.

馬首鐘鳴已暮天. 木蘭花老感當年.
碧紗紅袖嘲平仲, 春草鳴禽夢惠連.
冒雨不辭招我飲, 思山久擬與僧眠.
讀書臺路猶能記, 磚級分明白塔前.

맑은 강물 삼십리
辛卯春鴨江途中得一聯曰微有天風驢更快寒
食復泝江西上偶爾思及足成 一篇* · 1892

집집마다 느릅버들이 안개 속에 차가운데,
나그네 길에 올라서인가 철 바뀐 게 문득 놀라워라.
바람이 조금 불어 나귀는 더욱 빨리 달리고,
봄비가 한차례 지나가자 새들도 더욱 고와졌네.
복사꽃도 많이 피어 산속의 주막을 에워싸고,
호랑나비도 나를 따라 작은 배에 올라타네.
눈에 가득 들어오는 맑은 강물 삼십리,
비단 같은 쏘가리는 값을 따지지 않네.

千家楡柳冷新烟.　　佳節驚心客路邊.
微有天風驢更快,　　一經春雨鳥增姸.
桃花多事圍山店,　　蝴蝶隨人上野船.
滿眼淸江三十里,　　黃魚如錦不論錢.

---

* 원 제목이 무척 길다. 〈신묘년 봄에 압강을 지나는 도중에 "하늘 바람
  솔솔 부니 나귀도 경쾌히 가누나.[微有天風驢更快]"라는 한 연을 얻었
  는데, 한식날 다시 강 서쪽을 거슬러 올라가다가 우연히 그 시가 생각
  나기에 보태서 한 편을 이루었다.〉

종이를 보내준 소운 황병욱에게 고마워
謝黃少雲炳郁送紙 · 1892

1

아침 창가에서 까치가 울더니 헛되지 않아,
열 폭의 고운 종이[1]가 그대의 편지와 함께 왔구려.
받아들자마자 봄날의 시를 쾌히 쓰니
붓 떨어지자마자 서늘한 산바람이 이네.

喜鵲朝窓儘不虛.　　溪藤十幅帶君書.
登時快寫吟春稿,　　颯颯山風落筆初.

---

1) 원문의 계등(溪藤)은 절강성(浙江省) 섬계(剡溪)에서 생산된 등(藤)으로 만든 종이인데, 이 종이가 매우 유명해지자 좋은 종이라는 뜻으로 쓰였다.

단오날 사길과 함께
육률*의 운을 뽑아서 짓다
端午與士吉拈陸律韵 · 1895

손꼽아 헤어보니 누에 치고 보리 벨 때이건만
농사 지을 절기가 윤년이라 더디구나.
잠시 가뭄을 만나고 보니 개구리 울음도 믿기 어려워라,
산 속 깊이 꽃이 있건만 나비가 아지 못하네.
나무 그림자가 교묘히 책상을 반이나 차지했고,
대숲 바람이 솔솔 불어와 낮잠을 자게 만드네.
오막집에서 취했다 깨도 다른 사람은 없으니,
창포술이 너무 늦게 익는다고 걱정할 게 없어라.

屈指蠶時與麥時.　　農家天氣閏年遲.
纔逢小旱蛙難信,　　亦有幽花蝶未知.
樹影巧占書榻半,　　竹風徐引午眠期.
窮廬醉醒無人共,　　不患菖蒲酒熟遲.

■
* 송나라 시인 육유(陸游)의 율시(律詩)이다.

담배 심기
種菸謠 · 1895

하룻밤 큰비로 냇물이 홍수를 이루더니.
사흘 동안 뭉게구름에 가랑비 자욱하네.
모내기 한창이라 마을에 품이 없는데
깊은 산골로 혼자 가는 저 사람은 누구인가?
산꿩은 놀라 꿱꿱대며 덤불숲으로 날아들고
멍석딸기 떨기 속에 붉은 알알이 고와라.
한 짐 지고 가다가 소나무 등걸에 쉬는데
대나무 바자에는 담배묘가 파릇해라.
돌벼랑 가파른 산길 너머 밭이랑 어렴풋하고
기왓골 같은 논두렁엔 가는 돌물이 뻗었구나.
소매 없는 베저고리에다 무릎에 걸린 베잠방이
혼자서 웅얼대며 제 장단을 맞추네.
마음 급하다 보니 손이 익숙해 호미도 쓰지 않지만,
손가락으로 잡고 주먹으로 다지는 게 어찌 그리도 빈틈없는지.
때를 놓쳤으니 어찌 약한 뿌리만 골라내겠나,
잘 자랄 놈이라면 모래땅이라도 걱정 없다네.
바다처럼 넓은 밭을 낱낱이 손대야 하니
처음엔 아득해라 언제나 끝이 날는지.
반평생 쌓아온 솜씨 손끝이 날래
담배모 삼태기를 어느새 다 비우네.
두꺼비가 야금야금 둥근 달을 갉아먹듯
게란 놈이 옆걸음으로 진흙탕 다 헤치듯,

땅은 검은데 잎이 파래 푸른 곳이 많아지니
나비 날개 만 조각이 봄숲에 달라붙듯.
백년 묵은 고목에선 산까치가 울어대고
구름 사이로 해가 나자 바람이 불어오네.
바람결에 가느단 소리 이어졌다 끊겨졌다
농부들의 모내기 노래 소리 여기저기서 들려오네.
나 역시 십 년 동안 소작 노릇 하였으니
모 심을 땐 모 심고 남들처럼 해봤다오.
가을 곡식 익었대도 세금 소작료 다 떼고 나면
여전히 텅텅 비니 풍년이 와도 풍년 아니었다오.
두메에 밭을 일궈 담배 싹을 심은 뒤론
삽살개까지 사립에서 내게 꼬리를 흔들었다네.
해마다 담배값만 오르면 되면
부잣집 노적가리라고[1] 내사 어찌 부러우랴.
어리석은 백성일랑 굶주림 면하는 게 상팔자라
논농사 하는 분네들 두메농사라 비웃지 마소.

---

1) 원문은 삼백 전(三百廛)인데, 《시경》 〈벌단(伐檀)〉에 "심지 않고 거두지
않으면, 어떻게 삼백 전의 벼를 수확하랴.[不稼不穡, 胡取禾三百廛兮]"
라고 하였다. 집주(集註)에 전(廛)은 한 가구의 주택이라고 하였으니,
삼백 전을 거두는 집은 부자를 뜻한다.

大雨一夜川流洪.
秧務如焚村無傭,
雉驚格格叢莽翻,
一擔就安松根上,
石崖坡坨不辨畝,
無袖布襦半膝褌,
心忙手嫺不用鋤,
過時寧揀根苗脆,
一根一手田如海,
半生蓄我爪甲利,
蝦蟆吞月輪蝕入,
地黑葉青青漸多,
百歲枯樹山鵲噪,
風便細喉悄欲斷,
我亦十年為佃客,
秋熟要盡公私稅,
自種笨艸田於山,
但得年年菽價翔,
痴氓免餓真好命,

霡霂三日因濛濛.
何人獨向山雲中.
蓬蕽萬朵眞珠紅.
猫耳戢戢青笋籠.
瓦壟千疊迷溝縫.
鳴鳴獨自歌相舂.
指夾拳築何精工.
善生不怕沙土鬆.
始起杳然如難終.
頃刻見此藍子空.
郭索奔泥旁行窮.
蝶翅萬片粘春叢.
午日微綻來霽風.
農謳遠近無南東.
秧秧麥麥人之同.
罄室依舊豐非豐.
柴門犬老氂蒙茸.
肯羨三百囷塵崇.
水田莫笑山田農.

왕소천*의 논시절구에 화답하여
和小川論詩 六絕 · 1895

1

연대로써 그 누가 시의 등급 가리겠나,
송인의 높은 자리는 당인도 넘본다오.
소동파와 육유의 하늘 누르는 기운을
그대는 당나라 조송 · 나은에다 같이 견주려오.[1]

年代誰能辨室堂.　宋人高處欲無唐.
君看蘇陸凌霄氣,　肯許曹羅與頡頏.

2

공산의 초목 같은 존재야 재주와 명예를 꺼리지만
소매 속의 가늠대는 늙어가면서 더욱 높아진다오.
옛부터 우열 매기기란 어려운 법이지만
이백이 어찌 음갱과 비슷하단 말이오.

空山草木厭才名.　老去猶高袖裏衡.
從古擬倫難中窾,　李侯那得似陰鏗.

---

* 소천은 왕사찬(王師瓚, 1841~1912)의 호이다. 구례(求禮) 출신으로 천사(川社) 왕석보(王錫輔)의 셋째 아들인데, 고체시(古體詩)를 잘 지어 매천과 더불어 당대에 시명(詩名)을 떨쳤다.
1) 내 일찍이 송나라 시를 즐겨 읽어서, 만당(晚唐)을 탐탁하게 여기지 않았다. 왕소천은 그렇게 생각하지 않았으므로, 앞서의 내 생각을 다시 밝힌다. (원주)

3

도끼가 없다면야 공수(工倕)도 재간 못 펴
맨손으로 용 잡기란 그 누구도 할 수 없다오.
구불구불 험한 길을 자갈 물고 지나야만
백전 치를 병거를 그대에게 맡긴다오.

倕無斧鑿巧難施.　　赤手屠龍更有誰.
啣枚過盡羊腸險,　　百戰戎車任汝之.

4

제대로 보았다면서 함부로 낮은 글로 돌리다니,
고래·뿔소를 잡으려면 용천검이 있어야 한다오.
쓸모없다는 닷섬들이 박을[2]
모난 것을 둥글게 깎아야 정말 둥근 것이라오.[3]

■

2) 장자(莊子)의 친구 혜자(惠子)가 장자에게 말하였다. "위왕이 나에게 큰 박
　씨 하나를 보내 주기에 심어 보았더니 닷 섬들이 박이 열렸는데, 그 속에다
　마실 물을 채워 놓으니 무거워서 들 수가 없고, 다시 두 쪽으로 쪼개어 바가
　지를 만들었으나 너무 넓어서 쓸 수가 없었네. 속이 텅 비어 크기는 했지만,
　내게는 아무 소용이 없어 부수어 버렸네. 그러자 장자가 말하였다. "지금
　자네에겐 닷 섬들이 바가지가 있었는데, 어찌하여 그것을 큰 통으로 만들
　어 강호에 띄울 생각은 하지 못하고 너무 커서 쓸데가 없다고 걱정만 하는
　가?"《장자(莊子) 소요유(逍遙遊)》
3) (왕소천이) 보내온 시에 "천착이 없는 데 이르러야 이것이 원만함일세.[到

輒把眞詮寄兎園.　　截鯨剚兕待龍泉.
試看五石瓠無用,　　圓到刓方始恰圓.

5

천 년 동안 두시를 읽어 근원 찾느라 다투다가
엄우·진사도가 새로 풀이했다오.
그대는 좋은 글귀만 고집스레 탐내니까
남을 놀래는 글귀 아니면 전해질 수 없겠지.[4]

千秋讀杜競尋源.　　新解滄浪與後村.
間渠底癖耽佳句,　　語不驚人定不傳.

6

소동파 · 황산곡이 나란하니 보기도 좋아라,
서로 잘한다고 다투는 건 진 · 오 두 나라 싸움 같아라.
황산곡의 시풍 바뀌어 남송이 되었으니
탄탄한 시도가 어찌 범성대에게 있겠소.5)

好見蘇黃兩不孤.　　覇家長短晋爭吳.
江西一變成南渡,　　坦道何曾在石湖.

■
5) (왕소천이) 보내온 시에 "먼저 평탄한 길을 좇아 문호를 찾아야 하니, 동파
　를 배우지 말고 석호를 배우시게.[先從坦道尋門戶, 莫學東坡學石湖]"라는
　구절이 있었다. (원주)
　석호(石湖)는 남송의 시인인 석호거사(石湖居士) 범성대(范成大)를 가리킨
　다. 자는 치능(致能), 시호는 문목(文穆)이며, 숭국공(崇國公)에 봉해졌다.

밤에 앉아서
夜坐 · 1895

사람들의 소리 그칠 무렵 달이 마을로 다가서고,
시냇물 소리 높아지면서 하늘 밖이 어두워졌네.
풀벌레들은 갠 하늘에까지 줄지어 날고,
정원지기는 드러난 나무뿌리를 베고 한데서 자네.
산밭에 호미질이 끝나면 품삯을 마련해야지,
제삿술을 가지고 와서 술통에 아직 남았네.
누에치기 농사얘기는 실컷 들어 신물이 나니,
이제부터 다시 만날 땐 다른 얘기나 들어보려오.

人喧初息月臨村.　　衆澗聲高空外昏.
林豸森飛連霽色,　　園丁露宿枕橫根.
山田鋤了須防雇,　　社酒持來剩在樽.
滿說桑麻亦無味,　　從今相見待他言.

최고운이 피리를 불던 곳에서
孤雲吹笛臺有感 · 1895

나라 기울 무렵이라 그 재주 받아들이지 못했으니,
계림의 누른 잎이 슬픔을 일으키기에 넉넉하였네.
세상 흥하고 망하는 일이 신선에게 무슨 상관이기에
새 조정을 향해 예언을 바쳤단 말인가.[1]

國末難容黼黻才.　　鷄林黃葉足興哀.
仙家何管興亡事,　　勤向新朝獻讖來.

1) 예전 우리 태조께서 일어나실 때 치원은 비상한 인물이어서 반드시 천명
을 받아 나라를 여실 것을 알고 그로 인해 편지를 보내 문안드렸는데, "계
림은 누런 잎이고 곡령(鵠嶺)은 푸른 소나무"라는 구절이 있었다. 그 제
자들이 개국 초기에 임금을 찾아뵙고, 벼슬하여 높은 관직에 이른 자가
하나가 아니었다. 현종(顯宗)께서 왕위에 계실 때 치원이 조상의 왕업을
몰래 도왔으니 공을 잊을 수 없다고 하여 명을 내려 내사령(內史令)을 추
증하였다. ―《삼국사기》권46 〈최치원열전〉

반곡 이씨의 고요한 집을 찾아서
磻谷李氏幽居 二首 · 1895

1

산 속에 삼십 년 묻혀 살면서
덕을 키웠을 뿐이지 나무를 키우진 않았다네.
감나무며 밤나무들은 저절로 자라나서
주렁주렁 가을 열매가 가득 열린다네.

山居三十年,　　　種德不種木.
柿栗自能生,　　　低低秋晚熟.

2

숲이 얕아서 집을 가리지 못하고
밭도 거칠어서 갈아볼 것도 없네.
옛부터 비어 있는 땅이라서
오로지 은거하려는 마음만 있을 뿐일세.

林淺難藏屋,　　　田荒未賴耕.
古來閑曠地,　　　偏有隱居情.

용두 농부의 집에서 자며
宿龍頭田舍 · 1895

귤나무 창가에 등불이 비치고 술은 항아리 가득한데,
달이 시골길에 높이 떠올라 삽살개 소리도 들리지 않네.
가을 들며 비바람 쳤지만 그래도 풍년 든데다
강호에 대사령 내려 적들도 모두 투항했네.
강물이 마르자 물고기와 새우들 수문에 갇히고,
날이 추워지자 황새와 학들도 뱃전에 모여드는구나.
바닷가에서 노닐며 내 장차 늙으려 해도
묵은 밭 열 마지길[1] 어디서 얻을 수 있담.

橘戶燈深酒滿缸.　　月高村徑不聞狵.
入秋風雨年猶稔,　　大赦江湖賊盡降.
水落魚蝦綠野閘,　　天寒鸛鶴集漁艭.
逍遙海曲吾將老,　　安得葑田只十雙.

---

1) 원문의 쌍(雙)은 전토(田土)의 단위인데,《철경록(輟耕錄)》에는 전(田) 1쌍을 4묘(畝)라 하였고,《신당서(新唐書)》권222상 〈남만열전(南蠻列傳) 남조(南詔)〉에는 전 1쌍을 5묘라 하였다. 10쌍은 40묘나 50묘에 해당되는데, 열 마지기로 의역하였다.

선암사 서편 암자에서 중양절을 보내며
西庵度重陽 · 1895

1

가을 슬퍼함은 나 또한 초인[1]의 마음이건만
옛 절에선 노란 국화를 찾을 수가 없네.
세상 깔보는 흰 구름 속엔 설록이 졸고
하늘에 비친 단풍 숲엔 서리 맞은 새가 내려앉네.
번천이 술 가지고 오자[2] 해가 마악 떨어지고,
가도가 문 두드리자 산 더욱 깊어졌었네.
온 나라 여기저기 형제들은 흩어져서
어딘가 높은 곳 올라 시를 읊고 있겠지.

悲秋我亦楚人心.　　　古寺黃花不可尋.
傲世白雲眠雪鹿,　　　照天紅樹下霜禽.
樊川携酒日初落,　　　賈島敲門山更深.
海內蕭蕭兄弟散,　　　登高幾處費沉吟.

■
1) 초인은 굴원(屈原)의 제자 송옥(宋玉)인데, 가을을 슬퍼하는 뜻으로
〈구변(九辯)〉을 노래하였다. "슬프다, 가을 날씨여. 쓸쓸하구나, 초목은
낙엽이 져서 쇠하였도다. 처창하여라, 타향에 있는 듯하도다. 산에 올
라 물을 굽어보며, 돌아가는 이를 보내도다.[悲哉秋之爲氣也, 蕭瑟兮.
草木搖落而變衰, 憭慄兮. 若在遠行, 登山臨水兮. 送將歸.]"—《초사(楚
辭)》권6
2) 번천은 만당(晩唐)의 시인 두목(杜牧)의 호이다. 두목의 〈구일제산등고
(九日齊山登高)〉 시에 "강은 가을 그림자 머금고 기러기 처음 나는데,
손님과 함께 술병 들고 산 중턱에 올랐네. 속세에선 담소 나눌 이를 만
나기 어려우니, 국화나 머리 가득 꽂고 돌아가리라.[江涵秋影雁初飛 與
客携壺上翠微 塵世難逢開口笑 菊花須插滿頭歸.]" 하였다.

순강[*] 가는 길에서
鶉江途中六言 四首 · 1895

2

강남의 날씨가 비교적 따뜻해서
서리 내릴 절기이건만, 서리가 아니 내렸네.
하룻밤 산속에 비바람 치더니
문 나서자 나무들이 온통 붉게 물들었네.

江南天氣較暖,   時序經霜未霜.
一夜山中風雨,   出門千樹丹黃.

4

추운 강가에는 건너는 사람도 없이 쓸쓸한데
모래밭 바라보니 서리처럼 희어라.
갑자기 가랑비 한두 방울 떨어지더니
시커먼 구름 뒤집히어 누렇게 바뀌네.

寒江俏無人渡,   一望沙白如霜.
忽然微雨點適,   駁雲旋撥雄黃.

■
* 남원(南原)의 순자진(鶉子津)을 말한다. 《신증동국여지승람》에 진안현(鎭
  安縣) 중대산(中臺山)과 태인현(泰仁縣) 운주산(雲住山)의 물이 합쳐 흘러
  서 남원부의 서쪽 40리쯤에 이르러 순자진이 되고, 곡성현(谷城縣)에 들어
  가서는 압록진(鴨綠津)이 되었다고 하였다.

정운구 노인의 죽음에 붙여
挽鄭老人運龜 二首 · 1895

1

태평시절에 낳고 자라 머릿결이 솜 같더니
온 나라가 엎치락뒤치락 진동하던 해에 죽었구려.
인간 만사 모든 것이 오늘로서 끝났으니,
고이 보내 드리리다 신선이 되시구려.

太平生長髮如綿.　　垂死翻驚震蕩年.
萬事人間今日暮,　　好須送去作神仙.

2

포구 사람들도 시장 문 닫고 골목에 노래도 그쳤다오.
분서한 명정 내걸고 운산에 장사 지내네.
그대의 훌륭한 이름 벌써 《기구전》[1]에 올라 있거니.
오늘부터 강호에선 소미성[2]이 뵈지 않는구려.

浦人市罷巷謠停.　　大葬雲山掛粉銘.
名姓已添耆舊博,　　江湖不見少微星.

■
1) 노인들에 대해 기록한 책. 진(晋)나라 진수(陳壽)가 처음 기록했다.《경구
　기구전(京口耆舊傳)》,《양양기구전(襄陽耆舊傳)》,《금리기구전(錦里耆舊
　傳)》등 지방에 따라 다양한 기구전이 있다.
2) 소미성(少微星)을 처사성(處士星)이라고도 한다. 송나라 휘종(徽宗) 때 처
　사 강지(江贄)가 조정의 부름에 응하지 않고 은거하였는데, 한번은 태사(太
　史)가 소미성이 나타났다고 아뢰어 강지를 특별히 유일(遺逸)로 천거하였
　다. 끝내 응하지 않으므로, 그를 소미선생(少微先生)이라 사호(賜號)하였
　다.《사고제요(四庫提要)》권48. 여기서는 죽은 이를 처사로 추앙하여 이
　른 말이다.

장흥부사 박헌양의 죽음을 슬퍼하며*
哀朴長興憲陽 · 1896

칼날로는 눈 깜짝할 사이에
아프지 않게 죽을 수 있지,
옛부터 이것을 알았건만
어려움 만났을 때 잘못 처신하네.
박 부사는 옷도 감당치 못할 만큼
겉모습은 퍽이나 유약해 보였지만,
가슴속엔 한 치 철석간장을 지니고 있어
그 몸 백 번 부술지라도 죽음을 달게 견뎠네.
그 또한 이웃 고을처럼 도망친다면
몸 숨길 곳 얻을 수 있음을 알았지만,
온 나라에 사람 없음을 슬피 여겨
힘껏 쥐 · 여우 같은 놈들 경각시켰네,
높기도 높을시고 남장대 이곳이여
푸른 단풍숲 물가에 엄숙하게 솟았어라.
걸음을 떼고자 하나 다시금 머뭇거려지니
바로 이곳이 부사께서 목숨 끊으신 곳일세.

---

* 1894년 12월 5일에 동학군들이 장흥을 함락시키고, 부사 박헌양을 죽였
다. 동학군이 성안에 이르자, 박헌양은 조복을 입고 관인을 차고 당상에
앉아서 그들을 크게 꾸짖었다. 그들이 끌고나가 쏘아 죽이자, 헌양이 눈
을 부릅뜨고 주먹을 쥔 채로 죽었다. ─《매천야록》권2

兵刃須臾間，　一死無痛楚．
從古知如此，　臨難竟錯做．
朴侯不勝衣，　外若柔可菇．
胸中一寸鐵，　百碎甘刀鋸．
亦知效隣城，　竄身得其所．
封疆慨無人，　努力警狐鼠．
峨峨南將臺，　肅肅靑楓渚．
欲行復夷猶，　是侯畢命處．

저녁에 강진을 지나며
暮過康津 · 1896

먼 포구 가을빛 젖어 있고
황량한 성채는 전쟁 흔적을 씻어냈네.
저녁 매미는 말 따라서 길을 떠나고
푸른 나무 아래엔 돌아오는 사람이 있네.
처음 보는 산이지만 모두 다 좋고
새삼 놀란 마음에는 달도 또한 새로워라.
울돌목 삼백 리 길을 찾아가느라
머리 긁으며 길 자주 묻네.

浦遠涵秋色,　　　　城荒掃戰塵.
暮蟬隨去馬,　　　　碧樹帶歸人.
生面山皆好,　　　　驚心月又新.
鳴梁三百里,　　　　搔首問程頻.

소치의 〈묵연권〉에 시를 짓다*
題小痴墨緣卷 · 1896

1

가을 서재를 깨끗이 쓸어내고 비로소 펼쳐보니,
기이한 묵향과 옛스런 빛이 장지¹⁾에 배었구나.
서첩 속에는 그림 없건만 그림 아닌 것도 없으니,
이 모두 여러분네들이 그림 읽고서 지어준 시들이라네.

淨掃秋齋始展之. 　異香古色黯粧池.
卷中無畫無非畫, 　總是諸公讀畫詩.

■
* 소치는 화가 허유(許維, 1809~1892)의 호다. 문장·서예·묵화에 뛰어나
　삼절(三絶)이라고 불렸다. 벼슬은 지중추부사(정2품)에 이르렀다. 그의 스
　승 추사 김정희는 그를 평하여 "그림을 그리는 법이 매우 아름답고 고루한
　습성을 깨뜨렸으므로, 압록강 농쪽에는 이와 거룰 사람이 없다"고 하였다.
　〈묵연권〉은 그에게서 그림을 얻은 문인들이 한 편씩 지어준 시들을 엮은
　시권이다.
1) 서책이나 서화첩(書畵帖)의 가장자리에 비단 조각을 붙여서 꾸민 것이다.

무정의 유배지를 떠나오다가[*]
途中有懷寄茂亭 · 1896

헤어질 적에 눈물 흘리지 않은 것이
사내 대장부였기 때문은 아닐세.
남아 있을 그대가 가슴 아파할까봐
억지로 웃는 얼굴을 꾸몄던 거라네.
벌써 오솔길을 지나 동구 밖까지 나왔건만
그 누가 내 발길을 머뭇거리게 하는 건지,
물 속의 달처럼 밝게 보이다가도
붙잡으려 하면 다시금 없어지네.
세상 살면서 알게 되는 얼굴도 많겠지만
다시금 더 사귀어 무엇하겠나.

別離不下淚,　　未畢皆丈夫.
恐傷居者意,　　強顏作歡愉.
旣已徑出門,　　誰使頻蜘躕.
皎如水中月,　　欲捉還覺無.
人生多結識,　　亦復胡爲乎.

■
*무정은 정만조(鄭萬朝, 1858~1936)의 호다. 만조는 운현궁의 측근이었
  는데, 을사년 명성황후 시해사건에 얽혀들어 진도로 귀양을 갔다. 나중
  에 총독부 중추원 촉탁 · 경성제국대학 강사 · 경학원 대제학 · 명륜학
  원 총재를 지냈으며, 이왕가 실록(李王家實錄) 편찬위원에 뽑혀 그 집
  필을 주관했다.

벽파진에서
—이 충무공이 왜적을 무찌른 곳이다

碧波津 · 1896

정유년 어간에 사태가 가장 위태로워
벽파정 바깥에는 모두 왜놈 깃발이었지.
역사는 악의가 모함 당한 날을 동정하였고
하늘은 곽분양을 돌아보아 다시 벼슬을 주셨네.
만 번을 죽더라도 전공을 생각할건가
충무공의 이 마음을 무신들이 배워야지.
지금도 왜놈 배들이 이 나루 드나들 젠
울돌목 옛 비석을 손가락 깨물며 가리키네.

丁酉年間事最危.　　碧波亭外盡倭旗.
史憐樂毅罹讒日,　　天眷汾陽起廢時.
萬死何曾戰功計,　　此心要使武臣知.
至今夷舶經行地,　　咋指鳴梁指古碑.

표충사에서*
表忠祠 · 1896

우리 나라에선 부처를 섬기지 않았건만
예전에 없었던 인물을 얻었네.
한 사당에 스승과 제자 셋을 모셨으니
공허한 불가에도 대장부가 있었구나.
바람 스치는 처마에는 박쥐가 희끗하고
비 스며든 벽에는 기이한 소나무가 말랐어라.
가을 산 앞에 서서 눈물 흩뿌리노니
멍하니 생각할수록 썩은 선비가 부끄러워라.

聖朝不佞佛,　　　得人於古無.
一室三師弟,　　　空門大丈夫.
風簷仙鼠白,　　　雨壁怪松枯.
灑淚秋山外,　　　芒芒愧腐儒.

＊ 전라도 해남(海南) 대흥사(大興寺) 경내에 세워진 사우(祠宇)로, 임진왜
란 때 의승(義僧)인 휴정(休靜), 유정(惟政)과 휴정의 제자인 처영(處
英)까지 진영(眞影)을 봉안하였다.

벌교에서
筏橋雜絕 四首 · 1896

2

벌교의 아낙네들은 뱃노래도 잘하고
혼자 물결을 헤치며 배를 저을 줄도 안다네.
건너편 나루에 이르지 않고 일제히 노를 돌리니
이어풍[1]이 한낮에 많이 불어온 때문이라네.

筏橋兒女善漁歌.　　能自操舟劈遠波.
未及前津齊返棹.　　鯉魚風信午來多.

3

배마다 소잡고 술 걸러 뱃신에게 제사지내네.
새로 만든 비단깃발은 바람에 흩날리네.
물고기 이름[2] 듣고도 분간하지 못하니
배 타고 온 장사꾼들은 거의가 경상도 사람이라네.

船船牛酒祭船神.　　拂拂風旗剪綵新.
一種婡隅聞不辨,　　海商多是嶺南人.

■
1) 늦가을 9월에 부는 바람이다.
2) 원문은 취우(婡隅)인데, 만방(蠻方) 사람들이 물고기를 취우(婡隅)라고 한
　다. 여기서는 같은 물고기를 호남과 영남 사람이 다르게 부르는 사투리를
　가리킨다.

해저물녘 길을 가면서
暮行 · 1896

방울방울 떨어지는 비 숲 속엔 더욱 드물고,
더부룩한 풀덤불에 가려 냇물 빛도 흐릿해라.
멀리 바라보니 마을이 있는 걸 알겠건만,
풀이 너무 우거져서 나갈 길이 없구나.

點滴林雨稀,　　　掩苒川光暝.
望中知有村,　　　草深無行逕.

구월중 석현에 들러 김경범의 죽음을 통곡하며
九月中過石峴哭金景範 · 1896

인간세상 살면서 또 다시 가을바람을 만나니
차가운 산에선 늦단풍까지 다 떨어졌네.
무슨 마음으로 어지신 이 살던 마을에 들러
말없이 그 부친을 대하겠나.
예전에 아던 이들 모두 등불 밑에 있건만,
새로운 무덤 하나 들판 가운데 오똑하게 섰네.
꿈 깨고 나서 그대 이름을 부르건만
차가운 달 아래 새벽 창만 휑하구나.

人世又秋風,　　寒山落晚楓.
何心過仁里,　　無語對尊翁.
舊識皆燈下,　　新阡獨野中.
夢醒呼汝字,　　霜月曉窓空.

66

선은사를 지나면서
過仙隱寺 · 1896

들바람이 긴 회랑에 부딪혀 소리를 내고
뜨락의 참새는 남은 눈을 쪼아대네.
해가 지자 절간은 더욱 그윽한데
맑은 풍경 소리만 그치지 않네.

野風喧長廊,　　　階雀啄殘雪.
日落僧更幽,　　　磬聲淸未絕.

칠석날*
次放翁韵. 七夕 · 1897

23

더운 기운 하늘에서 걷어지고 밤도 차츰 맑아지는데
뜨락의 벌레는 벌써 가을 소리로 바뀐 듯하네.
모기 들어오는 걸 막으려지만 문 꼭 닫기가 어려워,
침상을 옮겨다 밝은 달빛에 누웠어라.
하늘 위의 신선을 누가 본 적 있었던가?
옛부터 견우 직녀 모두 다 헛된 이름이라네.
비록 인간세상 일에 얽매인다 하더라도
그대 따라 한스런 삶에 끌리지는 않으리라.

暑氣收空夜暫淸.　　階虫巳似變秋聲.
正難閉戶防蛟入,　　稍復移床臥月明.
天上神仙誰得見,　　古來牛女摠虛名.
縱今關得人間事,　　不必隨渠惹恨生.

■
* 원 제목 〈次放翁韻〉은 "방옹(放翁) 육유(陸游)의 시에 차운하다"는 뜻인데,
   칠언율시 24수 대부분 제목이 없고, 제7수에 〈잠우(暫雨)〉, 제23수에 〈칠석
   (七夕)〉이라는 제목이 있다.

영등신*
永登神 · 1898

풍영등이 내리면 봄 가뭄이 길고
우영등이 내리면 풍년이 든다네.
바람 불지 않으면 비 오는 게 봄날의 흔한 날씨인데도,
백성의 눈이 흐릿해서 제대로 보지 못한다네.
시골집 어리석은 아낙네가 스스로 무당이 되어서,
영등신과 비바람을 아울러 징험한다네.
종이 잘라 대어 꽂고 밥은 바리에 가득
사당은 오똑하게 부엌 귀퉁이에 모셨네.
영등신은 십 일간 내렸다가 오 일간 올라가니
이월 20일 해질녘에 모두 끝난다네.
신의 꾸중이나 들을까봐 날마다 두려워하고
뜨락의 개가 고기를 먹어도 꾸짖지 못한다네.
영남은 옛부터 추로지향[1]이라 불려졌었고
제사며 예악이 매우 번성했건만,
선비의 풍속이 한번 바뀌어 음란한 제사나 하고
여기저기 무너지고 터져도 막질 못하네.

■
* 영등이란 게 어떤 귀신인지는 모른다. 2월 1일에 맞아들여서 20일이면
보내는데, 아낙네들이 정성 들여 경건히 하고 목욕재계한 뒤에 기도한
다. 바람이 불면 그를 풍영등이라 부르고, 비가 오면 우영등이라 부른
다. 그 풍속이 백 년 이래로 영남에서 비롯되었는데, 영남과 경계를 이
룬 호남·호서·관동에 이르기까지 모두 이를 본받았다(并序).

그대는 못 보았는가,
동경의 들여우가[1] 천주께 제사 지내다
천리에 피 흘리며 죽어 엎드러진 것을.
영등신이야 그에 견준다면 겨우 옴쯤이나 될 테니
귀신 핑계로 배불리 먹는 게 나쁠 것도 없겠지.
아내를 돌아다 보며 양을 잡으라 재촉하네.

永登者不知其何神也.　以二月一日迎之,　至二十日送
之,　婦女精虔齋禱,　有風則謂之風永登,　有雨則謂之
雨永登.　其俗百年來始於嶺南,　凡兩湖關東之界干嶺
者皆效之.

風永登降春早長.　　雨永登降豊年穰.
不風則雨春之常,　　民眼夢夢不見眶.
村家愚婦自爲巫.　　指證神與風雨俱.
剪紙揷竹飯滿盂,　　叢祠兀兀廚竈隅.
神降十日升五日.　　二月廿日黃昏畢.
日日猶恐逢神嗔,　　庭犬啖肉不敢叱.
嶺南古稱鄒魯鄉.　　俎豆絃誦頗洋洋.
儒風一變作淫祀,　　百怓潰裂川無防.

■

1) 경주 최씨(慶州崔氏)인 동학 교조(東學敎祖) 최제우(崔濟愚)를 가리킨다.

君不見東京野狐祭天主，千里流血鯨鯢僵．
永登比之猶疥癬．由神得飽還不惡，回顧山妻催宰
羊．

신윤조의 죽음에 붙여

申潤祖追輓 · 1898

2

함벽정 남쪽에 열 이랑 저수지[1]
연꽃과 버들이 작은 물결에 흔들리네.
봄바람이 몇 차례나 농부의 눈물 흘리게 했던가.
길이 배 대어놓고 낚싯줄 드리우던 때 같네.

涵碧亭南十頃池.　　芙蓉楊柳弄淪漪.
春風幾憧農人淚,　　長似垂綸繫艇時.

3

깨끗한 종이와 좋은 붓을 돈 아끼지 않고 사들여,
묵향까지 안개처럼 뜨락의 난초를 에워쌌네.
십 년 동안 아들 가르쳤더니 글자는 제법 쓸 줄 알아서,
아버지의 죽음에 붙여온 글들 베껴 책으로 엮어 보이네.

精紙佳毫不惜錢.　　墨香如霧護庭蘭.
十年教子工書字,　　父輓能鈔作册看.

　

1) 신윤조가 곡성 남쪽에다 연못을 파고는, 물을 담아서 농부들의 물대기에
　도움을 주었다. 호숫가에다 정자 하나를 지었으니, 바로 함벽정이다. (원
　주)

새로 집을 지은 벗의 운을 받아서
次黃正宥炳中龍洞新居韵 · 1898

책을 읽었기에 제대로 보는 눈은 늘어서
신령한 산 옛 터전을 알아보았네.[1]
찾아오는 사람 적다고 걱정하지 않으니
몇 집이 모여서 한 마을을 이루었다네.
문을 나서면 나무꾼과 고기잡이들이 있고,
방에 들어서면 경전과 역사책이 있다네.
꽃을 심더라도 복사꽃은 심지 마세나,
꽃잎이 물에 떠 갈까 그게 걱정이라네.[2]

讀書長眼力,　　　能識靈山址.

不患來者少,　　　數家自一里.

出門卽樵漁,　　　入室有經史.

種花莫種桃,　　　恐有花浮水.

■

1) 동네가 황룡사의 옛터다. (원주)
2) 도연명의 〈도화원기〉에 의하면, 무릉도원으로부터 복사꽃잎이 떠내려
　　와서 사람들이 알게 된다. 이태백의 〈산중문답〉에도 "桃花流水杳然去,
　　別有天地非人間"의 구절이 있다. "흐르는 물 위에 복사꽃 떠내려 오니,
　　사람들 살지 않는 또다른 세상이 있나 보네."

의로운 기생 논개의 비석
義妓論介碑 · 1898

신내[1]나루는 냇물이 지금도 향기로워
깨끗이 세수하고 의로운 낭자께 절하노라.
연약한 여자 몸으로 어찌 왜놈을 죽였던가,
진작에 낭군[2] 따라 의로운 대열을 따랐다네.
장수 고을 늙은이들은 제 고장 출신 자랑하고,
촉석루 붉은 단청은 가신 넋을 달래네.
돌이켜보니 선조 임금 때는 인물도 하도 많아
기생도 그 이름을 천추에 빛냈다네.

楓川渡口水猶香.　　濯我須眉拜義娘.
蕙質何由能殺賊,　　藁砧已自使編行.
長溪父老誇鄉産,　　矗石丹青祭國殤.
追想穆陵人物盛,　　千秋妓籍一輝光.

---

1) 장수군에 있는 시내 이름이다. 신나무가 무성하여 '신내[楓川]'라고 불렀
　다고 한다.
2) 원문의 고침(藁砧)은 싶자리와 작누 받침대이다. 고대 중국에서 죄수를 사
　형할 때에 죄수를 침판(砧板)에 엎드리게 하고 작두[鈇]로 참형을 시행했
　다. 부(鈇)는 부(夫)와 발음이 같으므로, 후세에는 남편을 가리키는 은어로
　쓰였다. 여기서는 장수현감 때에 논개를 만났다가 경상우병사로 진주성 싸
　움에 참전하여 순국한 최경회를 가리키는 말이다.

영재 이건창이 죽었단 말을 듣고
道中聞寧齋捐館已在六月十八日愕然下涕 ·
1898

영재 학사가 갑자기 죽었다니
뜨거운 눈물이 내 옷에 떨어지네.
그처럼 깨끗한 인물 누가 다시 있을까.
해와 별처럼 고결해 영원히 우러러 보리.
역사가가 죽음을 기록했으니 이름난 산이 더욱 옛스럽고,
먼 나그네가 혼백을 불러주니 강물 더욱 유장해라.
육 년 전 유배지에서[1] 한번 헤어졌건만
홍옥 같던 그 얼굴 아직도 기억나네.

寧齋學士忽云亡.　　熱淚無從落我裳.
人物眇然誰復有,　　日星高潔永相望.
史家記卒名山古,　　遠客招魂江水長.
尚記容顏似紅玉,　　六年一別瘴烟鄕.

■
1) 이건창이 승지로 있던 1892년에 상소하다가 탄핵되어 보성으로 유배되
    었다.

광양에 돌아와

回到光陽 · 1898

집 떠난 지 벌써 또 열흘
요즘 경치는 어떠해졌는지,
들판의 나무는 나그네 따라 멀리 있고
국화 비슷한 가을 꽃들이 많아라.
높은 성채는 차갑게 그림자를 드리웠고
푸른 물은 저물어가며 물결을 일으키네.
그대여 가련해라, 남쪽으로 날아가는 기러기처럼
해마다 한 차례씩 지나가누나.

離家又十日,　　　烟景近如何.
野樹隨人迴,　　　秋花類菊多.
層城寒帶影,　　　碧水晚生波.
憐爾南飛鴈,　　　年年一度過.

노령에서 도적을 만나 옷을 빼앗긴 벗에게
聞海鶴遇盜於蘆嶺失衣裝詩以代嘲 · 1898

1

그대[1] 일찍이 만 사내의 힘이 있다고 자부하면서
풍진 세상 돌아보고 기염을 토했었지.
비루먹은 말 한 마리에 칼 한 자루로,
늑대 범들과 부딪치며 안동에 들어섰다지.

伯曾自許萬夫雄.　　指顧風塵氣吐虹.
贏馬一鞭刀一口,　　橫衝豺虎入安東.

2

그대가 도적을 만나 옷까지 빼앗겼단 소식을 듣고,
가을 산 속에 벌거벗고 선 그대 모습을 그려보았지.
눈이 있어도 이섭인 줄을 아지 못했으니[2]
요즘 푸른 숲 속엔 사람도 없는 모양이지.

聞君被掠及衣巾,　　想見秋山玉立身.
有眼不能知李涉,　　綠林今日亦無人.

■
1) 원제목에 나오는 해학(海鶴)은 매천의 벗인 이기(李沂, 1848~1909)의
호이고, 원문에 나오는 백증(伯曾)은 그의 자이다.
2) 당나라 시인 이섭(李涉)이 도적을 만났을 때에 두목이 말하길, "정말 이
섭이 맞다면 빼앗지 않겠다. … 시를 한 수 지어 주면 놓아 주겠다." 하
여, 이섭이 시를 지어 주고 풀려났다.

은진에 들어서니

入恩津 · 1899

황화정 북녘에는 들꽃만 날리고
난리 뒤에 쓸쓸해져 인기척도 드물어라.
농사가 흉년이니 좋은 주막집 못 찾겠고
풍속이 바뀌고 보니 외지인 차림도 낯설지 않네.
돛대 그림자가 밀물 따라 시장을 덮었고
북과 피리 소리가 성에 잠기자 숲이 사방을 에워쌌네.
문득 부럽구나, 봄 연못 갈대 언덕에
어부들 끼리끼리 낚싯대 메고 돌아오네.

皇華亭北野花飛.　　　亂後蕭條烟火稀.
歲儉難逢名酒店,　　　風移不怕外人衣.
帆檣覆市潮初上,　　　鼓角沉城樹四圍.
却羨春塘蘆荻岸,　　　漁翁兩兩荷竿歸.

계룡산에 들어가 백암동 입구에서 묵다

入鷄龍山宿白巖洞口 · 1899

십 년 동안 멀리서 이 이름난 산을 바라보다가
오늘 하루 왔던 길에 산을 올랐네.
봄이 다해 꽃잎들이 골짜기를 메우고
절이 돌아들어 종소리는 봉우리 사이에서 스러지네.
어느 간사한 인간이 《정감록》을 지어 어리석은 백성들
을 죽게 했던가,
신물들이 늪을 이루고 옛돌들도 모질게 남아 있네.
계룡산 빼어난 곳이라 늑대 범의 발자욱도 없기에,
달밤에 돌아오는 나무꾼의 피리 소리를 누워서 듣노라.

十年遙望此名山.　　一日能來取次攀.
春盡花塡諸澗口,　　寺回鐘斷兩峰間.
奸雄作讖愚民死,　　神物成湫古石頑.
勝境判無豺虎跡,　　臥聞樵笛月中還.

마곡사

麻谷寺 · 1899

멀리서 볼 적엔 소나무도 시커멓더니
마을이 다한 곳에 총림(叢林)이 들어 있네.
물과 돌이 서로 깨끗하다 맞서고
암자들은 깊은 곳에 각기 흩어져 있네.
세상이 어지러울수록 복지를 찾고
사람은 늙을수록 선심을 발하는 법.
산 오르던 괴로움도 다 잊혀지고
새들의 울음만 서로 곱다고 다투네.

遠看松似墨,　　　村盡有叢林.
水石淸相敵,　　　庵寮散各深.
世澆尋福地,　　　人老發禪心.
忘却山行苦,　　　嚶鳴競好音.

유구로 백겸산을 찾아갔다가 만나지 못하다
維鳩訪白兼山不遇 · 1899

문앞의 티끌을 봄바람이 다 쓸어주고
시냇가 별당엔 하루 내내 물놀이치네.
백낙천이 기생들 내보낸 건 정말 어려운 일이었거니
섬계에서 배를 돌린 것도[1] 또한 한스런 일이었지.
나무마다 꽃이 환해 마을이 저자 같고
책상에 놓인 책이 깨끗해 옛사람도 이웃 같아라.
조정이 위급해지면 북소리 들려올 테니
송강의 농어가 좋다고 자랑하지만은 마소.

門巷春風自掃塵.　　溪堂終日帶漣漪.
香山放妓元難事,　　剡曲回舟亦恨人.
萬樹花明村似市,　　一床書潔古爲隣.
朝廷正急聞鼙思,　　莫詫松江有玉鱗.

* 겸산은 백낙륜(白樂倫)의 호이다.
1) 왕휘지가 눈오는 밤에 벗이 보고 싶어 섬계를 따라 배를 타고 대규(戴
　逵)의 집을 찾아가다가, 그 앞에서 흥이 다해 벗을 만나지 않고 돌아왔
　다. 그래서 섬계를 대계라고도 불렀다.

서울에 들어서니
入京師 · 1899

십 년 만에 다시 한양성에 이르니
오직 남산만이 옛 푸른 모습을 알아보겠네.
길 따라 유리창에선 서양 촛불이 번쩍이고
하늘에 뻗은 철사줄 따라 전차는 울며 가네.
바다 만리밖 서양 나라들 새로운 외교를 맺고
나랏님께서도 황제란 이름 처음 가지셨어라.
기나라 사람[1] 어리석음이 배에 가득하니
저 하늘이 어찌 그리도 빨리 기울어지랴.[2]

十年重到漢陽城.　　惟有南山認舊靑.
來道琉璃洋燭上,　　橫空鐵索電車鳴.
梯航萬里皆新禮,　　屋纛千秋始大名.
却笑杞人痴滿腹,　　彼天安有驀然傾.

■
1) 기(杞) 나라의 어떤 사람이 하늘이 무너지고 땅이 꺼지면 몸붙일 곳이 없음
　을 걱정해서, 먹고 자는 것을 다 잊었다. 《열자》
2) 기나라에 아무 일 없었건만/ 하늘이 기울어질까 걱정했다네. (이백 시)

김포 주막에서 자며
宿金浦郡店 · 1899

다리가 끊어져 빗돌로 나루를 만들고,
고을이 피폐해져 나무로 성을 만들었네.
들판의 집은 봄 되며 더욱 희고
강과 하늘은 밤들며 더욱 밝아라.
달빛이 번득이며 갑문과 부딪쳐 물결이 일고
바람이 바뀌면서 배 끌려오는 소리가 나네.
바다 저 끝에는 가느단 길이 많아서
등불을 돋우며 앞길을 다시 묻누나.

斷橋碑作渡,　　殘邑樹爲城.
野屋春還白,　　江天夜更明.
月翻衝閘浪,　　風轉拽篷聲.
水際多微路,　　挑燈更問程.

영재의 초상을 치르면서*
江華沙谷哭寧齋靈几因留五宿與其仲弟建昇堂
弟建芳話舊拈丁卯集韵 · 1899

서풍이 가뭄 불어 모래까지 흐트렸는데
멀리서 온 나그네는 바다 끝에서 어정거리네.
늙은 눈물 풀밭에 마구 흘리면서
깊은 정으로 벗의 집까지 끝내 찾아왔다네.
이름난 이 죽은 뒤에는 자손이 잘된다던데,
그대 묻힌 산이 깊어 물과 나무까지 고와라.
남산이 석 자나 눈에 파묻혔을 적
추위를 참으며 둘이서 매화꽃 즐기던 생각이 나네.

白風吹旱漲雲沙.　　遠客徘徊海一涯.
老淚無端芳艸地,　　深情終是故人家.
名卿身後兒孫碩,　　福地山深水木華.
却憶終南三尺雪,　　忍寒相與看梅花.

■
* 원문 제목이 무척 길다. 〈강화의 사곡에서 영재의 영궤(靈几)에 곡을 하고,
닷새를 묵으며 그의 중제 건승, 당제 건방과 옛 이야기를 나누었다. 《정묘
집》에서 운을 뽑아 시를 짓다〉

강 건너로 행주산성을 바라보며
隔江望幸州 · 1899

지세가 한갓 험준한 것만 중요한 게 아님을[1]
나는 행주에 와서 보았네.
산성이 저처럼 야트막하건만
왜놈 귀신들은 여지껏 시름겨우리.
해 저물어도 변방의 봉화는 연락이 없고
봄바람 부는 속에 한강물만 흐르네.
나라 위해 일할 뜻이 평생 있었건만
눈물 훔치는 사이 강가엔 날이 저무네.

地不徒爲險,　　我來看幸州.
山城如此淺,　　蠻鬼至今愁.
落日邊烽斷,　　春風漢水流.
平生請纓志,　　揮涕暮江州.

■
1)《맹자》〈공손추 하〉에 "천시가 지리만 못하고 지리가 인화만 못하
　다.[天時不如地利, 地利不如人和]"라고 하였다.

밤에 관동 정노인의 집에서 자며
夜投官洞鄭叟家 · 1899

2

세금도 제법 내고 사주(社酒)도 잘 익으니.
오막살이 베옷 차림에도 벼슬아치 앞에 당당하네.
이 풍진 세상 반평생을 돌아보니
산 속에서도 이따금 좋은 사람을 만났지.

官稅粗充社酒醇.　　窮廬弊褐傲簪紳.
半生點檢風塵世,　　徃徃山中有好人.

3

성리학 대대로 한강 선생[1] 우러렀건만
그 후손은 영락해져 외진 시골에 묻혀 산다오.
'회수를 건너가면 귤맛 달라진다' 말 마소,
탱자의 신맛 속에도 귤 향내가 남아 있다오.

斯文百代仰寒岡.　　零落孫枝寄遠鄉.
休道渡淮風味別,　　枳酸終是橘殘香.

■

1) 정구(鄭逑, 1543~1620). 퇴계 · 남명(南冥)에게서 학문을 닦은 뒤 제자를
　키우다가, 임진왜란 때에 의병을 일으켰다. 대사헌에 올라 바른 말을 많이
　했으며, 죽은 뒤 성주에 동강서원을 세워 그를 모셨다. 탱자는 물론 그의
　후손 정 노인을 가리킨다.

황정유가 백운암에서 글 읽는다는
소식을 듣고 즉시 시를 지어 부치다
聞黃正宥讀書白雲菴走筆却寄 · 1899

1

내 집에도 밤늦도록 등불이 켜 있지만
늙고 게을러서 글 읽는다는 게 말뿐이네.
북두만큼의 황금이 있더라도
소년시절 총명을 다시 사긴 어려워라.

吾廬亦復夜燈遲.　　衰懶看書只自欺.
縱有黃金齊北斗,　　聰明難買少年時.

2

고귀한 집[1] 자제들이 모두 기이해서
해학이며 맑은 얘기가 두루 새로워라.
책을 가득 품고서 산 속에 홀로 들어갔으니
평범한 후배는 분명 아닐레라.

烏衣子弟摠奇珍.　　雅謔淸談百遍新.
抱書獨入名山去,　　不是尋常後輩人.

■

1) 진(晉)나라 때에 왕도(王導)와 사안(謝安) 등 귀족들이 오의항(烏衣巷)
   에 살았는데, 이곳의 젊은이들을 세상에서는 오의자제(烏衣子弟) 또는
   오의랑(烏衣郞)이라고 하였다. 후세에는 부귀한 집안의 자제들을 가리
   키는 말로 쓰였다.

양전(量田) 사업을 보며
見量田 · 1900

강물을 기울인다고 그 누가 밑빠진 독을 채우랴?
나라 다스리는 일일랑 검소함으로 기틀을 삼아야지.
진나라가 천맥(阡陌)을 열어 강해졌다고 말하지 마오,[1]
노나라도 세묘(稅畝) 때부터 줄어들었다오.
농가가 썰렁해지니 하늘도 걱정하신다네
측량이 너무 복잡해 귀신도 알 수 없어라.
반계(磻溪)도 안 계시고 다산(茶山)도 돌아가셔,
손때 묻은 책 다시 들여다보니 수염만 희어진다오.

誰倒洪河實漏巵.　　經邦端合儉爲基.
秦强謾道開阡日,　　魯削還從稅畝時.
雁戶荒凉天亦憫,　　魚鱗合杳鬼猶疑.
磻溪不作茶山死,　　十對塵編鬢欲絲.

■
1) 전국시대 진나라 효공(孝公) 때에 상앙(商鞅)이 정전제(井田制)를 개혁하
   여 천맥(阡陌) 제도를 시행하였다. 개간하여 농지를 늘리고 사유권을 부여
   함으로써 생산을 증대시켜 부국강병을 추구한 것이다.

문수암의 탁발승에게
戱贈文殊菴乞化僧 · 1900

1

나의 책들을 가리키며 가난하다는 말 믿지 못하고,
바싹 마른 스님이 옷소매에서 시주하라는 글을 꺼내네.
한가롭게 지내도 반드시 공덕이 없지는 않으리라,
날마다 영산을 바라보며 흰구름에게 예배하니.

指我圖書不信貧.　　枯僧袖出募緣文.
閒居未必無功德,　　日向靈山禮白雲.

〈새하곡〉을 지어서 박금사의 자성 임소에 부치다

塞下曲寄朴錦士慈城任所 · 1900

4

상투 틀자 군대에 와 귀밑머리 벌써 거의 빠졌네.
풍운이 감도는 만리 국경에서 성벽을 지키네.
무인이라 전쟁과 평화 어느 게 이로울지 아지 못하고,
오늘도 조정에 글 올려 싸움을 벌리소서 청하는군.

結髮從軍鬢已疎,　　風雲萬里護儲胥.
武夫不識和戎利,　　又上中朝請戰書.

외국 배들은 드나들고*
發鶴浦至糖山津·1902

3

바다를 열어줄 때부터 우리 나라가 잘못했었지.
공연히 관세나 붙인다고 한냥 두냥 다투기만 하네.
오랑캐들의 칠상(漆箱)·자기 어디다 쓰려는지
아까운 쌀만 가득 동남으로 뿌리네.

海禁開時國巳愚.　　空聞關稅較錙銖.
漆箱磁盌知安用,　　擲盡東南萬斛珠.

4

고래가 물결 일으키고 바닷바람도 거센데,
음산한 가을 기운이 하늘에 닿았어라.
곧바로 하늘을 꿰뚫는 연기가 먹빛 같으니,
화륜선이 나는 듯이 칠산 앞바다를 건너서 오네.

鯨魚鼓浪海風長.　　秋氣陰森接大荒.
一直貫天烟似墨,　　火輪飛渡七山洋.

■
* 원문의 학포는 전남 함평군 엄다면 학야리(鶴也里)로, 이곳에서 함평천
　과 영산강을 경유하여 신안군 지도읍 당산나루로 갈 수 있었다.

손자를 품에 안고서
抱孫志喜 · 1903

1

고기와 술로 온 마을에 기쁜 잔치를 베푸니
싸리문 앞에선 산까지도 기뻐하네.
곰 꿈을 꾸고도 해가 바뀌어서야 얻은 사내애[1]
곧바로 대보름이라 달이 하늘에 가득 찼어라.

羊酒傾村作賀筵.　　喜歡山色篳門前.
遲遲跨歲熊羆夢,　　直到元宵月滿天.

3

높은 벼슬도 바라지 말고 가난도 싫어하지 말거라.
즐거운 나라 소요하며 천진스런 마음을 지니거라.
천 권의 책을 정녕 네게 주리니
대대로 글자 아는 사람이라 불려지거라.

不慕高官不厭貧.　　逍遙樂國葆天眞.
丁寧付與書千卷,　　世世人稱識字人.

■
1) 산부가 열 달이 지나서 출산하였다. (원주)

나루에서*
潺水津 · 1903

얼음 밑바닥으로 강물이 더욱 시퍼래
건너려 하다가 갑자기 두려워지네.
모래 언덕이 무너졌지만 길은 있는 듯
잘다란 대나무들이 그래도 숲을 이루었네.
아지랑이 저 너머로 낡은 절이 우뚝 섰고
내버려진 역사(驛舍) 그늘엔 외로운 배가 매여 있네,
굶주려 거의 죽어가는 갈매기가
내 슬픈 시구를 도와주누나.

氷底江逾碧,　　愯然欲渡心.
沙崩猶有路,　　竹細僅成林.
古寺層嵐外,　　孤舟廢驛陰.
白鷗饑不死,　　如助我悲吟.

* 잔수진(潺水津)은 구례(求禮)에 있는데, 그 수원이 둘이다. 하나는 진
  안(鎭安) 중대산(中臺山)의 물이 서남쪽으로 흘러 임실(任實) · 순창(淳
  昌)을 지나 돌아서 동쪽으로 흘러 남원 남쪽 경계에 이르러 순자진(鶉
  子津)이 된다. 다른 하나는 지리산 서북쪽 여러 골짜기의 물이 남원을
  지나 순자진으로 들어가서, 그 하류가 압록진(鴨綠津)이 되며, 또 보성
  정자천(寶城亭子川)의 물이 복성(福城) 옛 현(縣)을 지나 북쪽으로 흘
  러서 낙수진(洛水津)이 되고, 동북쪽으로 흘러 옛 곡성(谷城)을 지나 압
  록진으로 들어가서 합하여 동쪽으로 흘러, 구례현 남쪽과 순천(順天)
  북쪽 경계에 이르러 잔수진이 된다. —《세종실록지리지》

늦은 봄을 시골에서 보내며
村居暮春 · 1904

1

대나무 창 열흘 만에 비로소 활짝 열었더니,
맑은 하늘 고운 햇빛이 연못에 가득해라.
봄이 얼마큼 저물었는지 아지 못하고 살았는데,
버들개지 어지럽게 흩날리며 여기저기 떨어지네.

竹牖經旬始暢開,　　晴天妍日滿池臺.
不知春暮已如許,　　飛絮紛紛去又來.

3

동서쪽에서 나비 한 마리 날아와,
우연스레 모였다가 떼지어 싸우네.
인간 세상의 싸움이라고 무에 저들과 다를 건가.
한가스레 지팡이 짚고 서서 끝날 때까지 바라보네.

一蝶西來一蝶東,　　偶然群蝶鬪成叢.
世間戰伐何曾異,　　倚杖閒看閱始終.

4

사립문은 푸른 시냇물 바람 속에 비스듬히 닫겨 있고,
연못 물은 언덕을 넘어 오솔길까지 통하였네.
꾀꼬리가 어디에 부딪쳤는지 소리 얼핏 끊어지고는
버드나무 그늘 속으로 누가 소를 꾸짖으며 지나가네.

荊扉斜掩碧溪風.　　水溢塘坡細路通.
衝却幽鶯聲乍斷,　　叱牛人過柳陰中.

5

발걸음도 가벼이 맘내키는 벗을 찾아갔다가,
아이들 글 읽는 소리를 문앞에서 실컷 들었네.
십 년 동안 산과 바다 떠돌며 함께 꽃구경하던 친구들,
거지반 인간 세상에서 입노름 훈장으로 늙어가네.[1]

隨意相尋野屐輕.　　門前厭聽讀書聲.
十年湖海看花伴,　　强半人間老舌耕.

- - -
1) 소천(小川)을 방문하였다. (원주)

기이한 돌
怪石 · 1904

큰 놈은 바리때만하고 작은 놈은 주먹만하고
더 작은 놈은 탄알만 해라.
가을 산 · 맨 상투 · 맑은 먹그림
늙은 나무 · 상처난 뿌리 · 모래 물굽이.
구체적으론 희미하지만 닮지 않은 게 없고
다시금 보면 영롱하게 늙은 얼굴을 비추네.
만약 살 수 있는 것이라면 값을 따지지 않고,
어떻게 해서라도 내 책상 사이에 세워 놓고 말리라.
이 늙은이 반생 살면서 달리 좋아한 게 없지만,
기이한 돌 한번 만나면 보물이나 되는 양 품어 왔다오.
힘이 없어 배를 세낼 만큼 싣지는 못하고
작은 것만 가려서 자루에 채워 왔네.
집에 돌아와서는 다른 것 묻지 않고
새로운 놈 꺼내 놓고 예전 것과 견주어 봤지.
받침을 만들어서 탁자에 쌓아 놓고는
마주보며 즐거워서 눈웃음이 벌써 나네.
어린 아들놈 곁에 있기에 연습삼아 보게 했더니,
가르치지 않고 배우지 않아도 아비 따라 제법 하네.
문앞 시냇가에서 미역감다가
닦아서 건져냈더니 기이한 돌들이더라고.
종종걸음으로 주워 오기를 하루에도 서너 번.
큰 소리로 아빌 불러서 이웃 아이들 놀라게 하네.

지금도 돌 주워 오며 "아버지랑 누구 돌이 더 많을까.
아버지. 이제부털랑 장난 친다고 꾸지람 마세요."
"우스워라, 네 보는 눈이 아직 참된 건 아니란다.
돌 보는 법을 대충 안다고 자못 으스대네."
우리 집 아비와 아들이 모두 돌을 좋아하니,
천추에 보기 드문 비범한 사람들일세.

大如盌小如拳,　　　尤其小者如彈丸.
秋山露髻淡墨圖,　　老木嚙根沙水灣.
具體而微無不肖,　　又復玲瓏照衰顔.
如可買者不論金,　　何以峙吾几案間.
老夫半生無他好,　　一遇怪石懷如寶.
力貧未辦聯舟載,　　爲置行囊揀厥小.
還家不問他有無,　　出新較舊獨自考.
逐致纍纍龕在龕,　　對之嘻然眼笑早.
稚子在傍習見之,　　不敎不學隨父爲.
自言浴向門前溪,　　摸撈多得瑰奇姿.
跟躃拾歸日三四,　　大聲喚爺驚隣兒.
兒今得石孰爺多,　　願爺勿復嗔游嬉.
笑矣汝眼未必眞,　　已識大意頗嶙峋.
我家父子俱嗜石,　　千秋寥廓非凡民.

중양절

重陽 · 1905

중양절이 되었건만 서리도 내리지 않고
비바람의 괴로움도 또한 없어라.
알맞게 따뜻하고 알맞게 서늘해서
맑은 햇살이 집안에 가득했네.
집집마다 새로 빚은 술이 익었고
산에 오를 채비도 마련하였네.
안타깝게도 동쪽 울타리의 국화만은
늑장을 부리며 아직 꽃을 피우지 않았네.
떨기를 어루만지며 서너 번 냄새를 맡고
술잔을 들어 멀리 사방을 돌아보네.
옛사람도 그때 벌써 이루기 어려웠던 일
좋은 날이건만 나도 또한 그냥 넘기네.
눈을 들어보니 쓸쓸키만 해
하염없이 세모에 기약해보네.

重陽天未霜,　　　又無風雨苦.
暄凉正適宜,　　　晴日滿庭宇.
家家新釀熟,　　　可辦登臨具.
所嗟東籬花,　　　遲遲不肯吐.
撫叢空三嗅,　　　停杯曠四顧.
古人旣難作,　　　良辰亦虛度.
舉目一蕭然,　　　婆娑寄歲暮.

을사보호조약* 소식을 듣고서
聞變 三首 · 1905

3

한강물이 울먹이고 북악산마저 찡그리거늘,
세갓집 벼슬아치들은 예 그대로 노닐기만 하는구나.
동포들에게 청하노니 역대의 간신전을 읽어보오.
나라 팔아 먹은 놈치고 나라 위해 죽은 자 없었다오.

洌水吞聲白岳嚬.　　紅塵依舊簇簪紳.
請看歷代姦臣傳,　　賣國元無死國人.

■

* 매국노들이 이른바 〈을사보호조약〉을 억지로 맺어, 사실상 나라의 주
권이 왜놈들 손에 들어갔다는 소식을 듣고서 지은 시다.

99

민영환의 자결을 슬퍼하며*
五哀詩 · 閔輔國泳煥 · 1905

외척이라고 작게 볼 것만도 아닐세,
민씨 집안에서 이 사람을 내었으니.
우레처럼 동이(東夷)의 땅 진동시켜
부덕한 왕비까지도[1] 용서받았네.
소년시절 귀하게 자라났으니
잘못이 어찌 없을까만은,
그래도 큰 잘못은 벗어났으니
닭 가운데 한 마리 학이라고 인정받았다네.
갑오경장 뒤로는
나라 위한 한 가지 생각으로,
명을 받자 자기 몸도 돌보지 않고
임금께 올리는 글들 부지런히 바쳤다네.
한밤중에 홀로 서서 눈물 흘리니
맡기신 일 이루지 못해 가슴 울렁거렸다네.
아아, 시월 그날 밤

■
* 을사년(1905) 10월의 변고에 조상(趙相) 이하 삼공이 죽었다. 내가 듣고서
  감동하여, 고인의 시 〈팔애(八哀)〉를 모방하여 오애시(五哀詩)를 짓는다.
  최면암(崔勉菴)에 대해 범범하게 언급한 것은 그러기를 바라는 것이고, 이
  영재(李寧齋)를 언급한 것은 오늘날 인물이 아주 적기에 추억해 본 것이다.
  (원주)
1) 원문의 여곽(呂霍)은 한(漢)나라 때의 부덕한 왕비인 여후(呂后)와 곽후(霍
   后)를 가리킨다. 여기에선 물론 명성황후를 뜻한다.

궁궐문 열쇠를 번개가 깨뜨렸네.
어지러운 손길로 보호조약에 서약했으니
우리 몸이 묶인 것과 무엇이 다르단 말인가.
들으려 해도 귀가 막혔고
보려 해도 눈이 뽑혔네.
깨끗한 땅을 찾으려고
하늘을 올려다보고 땅을 내려다보네.
통쾌하여라, 한 순간에 결단을 내려
아득한 저승을 한 마디 웃음에 붙였네.
추운 겨울 하늘도 별과 해처럼
이 조그만 손칼을 비추어 주네.
예전 임진왜란 얘길 들었더니
동래 고을에서 첫 칼날이 악랄했다지.
송상현 부사 한 몸이 죽음으로
왜놈들도 돌아보며 서로 놀랐다지.
평양의 탈환을 기다리지 않고도
중흥의 징험이 벌써 나타났지.
그때 우리를 도우러 왔던 명나라 장수들도
머리털을 쭈뼛하며 칭찬했었네.
비분 강개한 민영환 시종무관장이여,
그대라고 어찌 옛사람보다 못하겠나.
종묘 사직도 잠시 더 지탱할테고

그대 힘입어 나라의 운명도 점칠 수 있어라.

戚畹不可小, 閔姓此人作.
轟然動夷貊, 宛轉贖呂霍.
少年生貴甚, 未必無鑄錯.
亦能兎大過, 已認雞羣鶴.
自從維新後, 一念憂國削.
啣命忘賢勞, 補闕勤納約.
中宵獨雨泣, 怔營靡所托.
嗚呼十月夜, 宮門雷碎鑰.
紛紛署約書, 幾何異襁縛.
欲聞耳可瑱, 欲見眼可矐.
欲覓乾淨土, 俯仰天地廓.
快哉決須臾, 一笑付冥漠.
寒旻轉星日, 照此蓮花鍔.
聞昔龍蛇役, 萊府首鋒惡.
宋公一死之, 敵人相顧愕.
不待平壤捷, 中興驗已鑿.
當日東征士, 髮凜篤論各.
慷慨閔糸政, 何渠不古若.
社稷庶少延, 倚此龜可灼.

대보름의 민속을 즐기며

정월 대보름을 전후하여 날씨가 몹시 추워졌다. 이불을 껴안고 날을 보내노라니, 세밑의 감회를 달랠 길이 없었다. 그래서 시골 옛 풍속을 글로 엮다 보니 장가 10편을 엮게 되었다. 대개 석호(石湖) 범성대(范成大)가 지은 전원악부(田園樂府)의 유풍이라고 할 수 있을 것이다. 〈까마귀에게 고시레〉와 같은 것은 경주의 풍속을 따른 것이지만, 그 나머지는 모두 어느 때부터 시작되었는지 알 수가 없다. ―소서(小序)

〈상원잡영(上元雜咏)〉 10편은 1906년에 연작시로 지은 것인데, 이 글은 그 10편의 머리말이다.

까마귀에게 고시레
祭烏

까마귀 까악까악 다시 까악까악 울어
쫓아도 다시 와서 담장을 쪼아대네.
얘들아 함부로 쫓아버리지 마라
이 새는 여느 까마귀 아니라네.
먼 옛날 신라 궁중에 글 물고 와서
임금 위해 큰 재앙 막아냈기에,[1]
찰밥 먹이는 풍속 천 년이 되어
집집마다 잿밥 시주하듯 고시레하네.
온 세상엔 귀머거리뿐 귀 밝은 이가 없어
까마귀 울면 흉측하다고 꾸짖어대니,
까마귀가 알아들으면 억울하다고 부르짖겠지
어디가 부엉이처럼 흉측하냐고.
세상엔 새만 못한 사람이 많기도 해서
나라 훔친 놈들 관인(官印)이 한 말이나 된다니,
거문고 끌어안고 〈오야제(烏夜啼)〉곡이나 타야지
서울 바라보는 눈에는 눈물도 말랐어라.

■

1) 신라 21대 비처왕이 천천정(天泉亭)에 거동하였을 때 까마귀와 쥐가 나타
났는데, 쥐가 사람의 말로, "이 까마귀가 가는 곳을 찾아보라" 하였다. 기
사가 까마귀를 쫓아가다가, 두 도야지가 싸우는 것을 보다가 까마귀 간 곳
을 잃었다. 이때 한 노인이 나타나 글을 올렸는데 겉봉에 쓰기를 "이를 떼
어보면 두 사람이 죽을 것이고 떼어보지 않으면 한 사람이 죽을 것이라"고

烏啼啞啞復角角.　　驅之復來墻頭啄.
寄語兒童莫浪驅,　　此鳥不是凡鴉鵲.
新羅宮中唧書來,　　能爲君王捍大灾.
糯飯成俗過千年,　　家家施食如僧齋.
舉世聾瞶無眞聰.　　聞烏輒嗔烏鳴凶.
烏如解語應叫冤,　　不祥幾與梟鴟同.
人不如烏世多有,　　竊國者侯印如斗.
援琴欲彈烏夜啼,　　北望長安淚眼枯.

■

하였다. 기사가 와서 왕께 드리니 왕이 말하길 "두 사람이 죽기보다는 차라리 떼어보지 않고 한 사람만 죽는 것이 낫다." 그러자 일관(日官)이 아뢰었다. "두 사람은 보통 사람이고, 한 사람이란 바로 왕입니다" 하였다. 왕이 떼어보니 "거문고 상자를 쏘라"고 하였다. 왕이 곧 궁에 들어가 거문고 상자를 쏘니, 그 안에선 내전에서 분향 수도하는 중이 궁주(宮主)와 간통하고 있었다. 두 사람은 목이 베어졌다. 이로부터 나라 풍속에 해마다 정월 첫 번째 해일(亥日)·자일(子日)·오일(午日)에는 모든 일을 삼가 감히 동작하지 않고, 보름달을 오기일(烏忌日)이라고 하여 찰밥으로 제사를 지내니 여지껏 행해지고 있다. ―《삼국유사》 권1 〈사금갑·射琴匣〉

소 먹이기
飼牛

쌀겨가 더덕더덕 붙은 석 자짜리 모지라진 키를
어린 여종이 외양간에 들고 가는구나.
한쪽엔 흰 밥, 한 쪽엔 나물
목화씨 한줌이 미숫가루 같네.
늙은 소가 머리 들어 밥 냄새 맡곤
혀 내밀어 코 핥으며 벌떡 뛰어 일어났지만,
아교 같은 침 흘리며 물끄러미 바라보다
사방으로 맡아만 볼 뿐 맛보려 들지 않네.
갑자기 혀 내밀어 비로 쓸듯 다 먹고는
입술로 비벼서 키를 넘어뜨렸네.
어린 여종이 깔깔대며 소를 바라보고 웃으니
소의 성미 나빠서 그러한 게 아닐세.
올해는 정녕 비길 데 없는 풍년 들어서
목화는 눈처럼 쌓이고 벼는 구름처럼 너울대리라.
이 밭 저 밭엔 배추가 쑥보다도 흔한 데다
나물국은 대접에 넘치고 서릿놓어도 맛있으리라.
내년 오늘에도 콩죽을 쒀서
소에게 바치기가 늦지는 않을레라.

敗箕三尺粘糠厚.
一頭白飯一頭荣,
老牛舉首聞飯香.
頑涎如膠注睛久,
須臾張舌如帚掃.
小婢嚇嚇向牛笑,
今歲定應豐無比.
千畦崧葉賤於蒿,
明年此日炊豆飯.

小婢提向牛欄口.
棉子一掬如粉糗.
出舌舐鼻跑起忙.
然疑四嗅未遽嘗.
揮吻一磨推箕倒.
不是牛性無歹好.
木綿雪積禾雲委.
羹芼溢椀霜鱸美.
報賽牛靈應不晚.

귀밝이술*
治聾

설날 마시는 도소주야 남에게 뒤지더라도
귀밝이술만은 남보다 앞서 마셔야지.
안 늙으려 해도 늙는 건 어쩔 수 없어
술잔 잡고 웃는 사이에 흰머리가 되었어라.
나도 젊었을 땐 귀밝다고 으스대며
후비지 않더라도 늘 훵하니 틔었었는데,
괴이해라 상 아래선 소 싸우는 소리 차츰 들리고
몸이 약해지고 나니 가을 추위에 먼저 놀라네.
베개를 베면은 게걸음 소리 바시락대고
갓을 털며 한숨 지으면 귀에 앵앵 파리 소리,
이름난 산 구경가자 나는 듯이 오를 때도
담벼락이라도 막힌 양 두 귀가 멍멍해라.
이제야 알겠구나 이웃집 늙은이가
망녕들어 대답하는 게 참으로 가엾은 줄,
그 누가 상원주를 처음 만들었던가
마시는 이마다 모두들 귀가 밝던가.
나도 남도 풍속 따르는 게 좋아보여서
잔만 오면 그런대로 사양 않는다네.
집을 두르며 흐르는 냇물 졸졸거리고

■
* (치롱주를) 민간에서는 귀밝이술이라 부른다. (원주)

108

문 앞에 버드나무는 봄바람에 한들한들,
봄이 와도 꾀꼬리 소리 들리지 않으니
단연코 두강[1]처럼 아흔아홉 살고지라.

屠蘇酒至居人後,　　治聾酒至居人前.
縱不欲老無那老,　　把盞一笑成華顚.
我亦少年誇耳聰,　　不施鞱挑常洞然.
漸怪床下聞牛鬪,　　蒲柳脆薄驚秋先.
傍枕勃窣郭索行,　　拂幀嚶嚶蒼蠅鳴.
有時飛鳧名山趾,　　兩竅夢夢隔壁聽.
始憐東憐黃髮叟,　　妄問妄對誠非情.
何人釃出上元酒,　　飲者一一能效否.
人云我云徇俗好,　　聊且不辭盃到手.
繞舍清溪玉淙淙,　　東風泛艷門前柳.
春來不聞黃鳥聲,　　板汝杜康九十九.

---

1) 주(周)나라 때 사람. 황제(黃帝) 때 사람이라고도 하며, 술을 처음 만들
었다고도 한다. 술을 잘 빚었기에, 그때 사람들이 주천태수(酒泉太守)
라고 불렀다. 장생주(長生酒) 덕분에 99세까지 살았다.

더위 팔기
賣暑

어린것들이 거리 메우고 봄추위도 잊은 채
순무 밑둥 깨물듯이 고드름 씹어먹네.
서쪽에서도 동쪽에서도 서로 보며 외쳐대니
귀 따가운 소리에 온 마을이 시끌벅적.
입술 타고 혀가 지쳐도 대답하는 소리 없으니
사겠다는 이 있으면 은돈 한 냥이라도 주리라.
달려가다 얼빠진 놈 만나면
"내 더위, 내 더위" 이긴 듯이 외쳐대네.
늙은 농부가 갓끈이 끊어져라 웃어대며
"사란 소리 좀 멈추고 제발 내 말 들어보소.
남녘이라 유월되어 불우산 펼쳐지면
끓는 물에라도 데인 듯 논도랑 물고기도 죽으리라.
밭 갈고 김 매는 농부들 땀방울 땅에 지다가
풍년들어 즐거우면 논밭에 노래 넘치리니,
내 실컷 사 먹으리, 배만 부르면 다행이지
천한 이 몸 당초부터 더위 먹을 창자는 아니라네."

填街小兒無春寒，嚼冰如破蕪菁根．

西舍東隣相望呼，勺酤合沓連村喧．

唇焦舌倦呼不應，如有應者銀一錠．

驀地偶逢善忘人，我暑我暑如獲勝．

黃冠老子絕纓笑，且住汝賣勤吾聽．

天南六月火傘張，溝魚自死如探湯．

千耦徂鋤汗滴土，豐年有慶歌稻粱．

恣吾買喫幸吾飽，賤軀元非病暑腸．

줄다리기

縺曳 · 1906

줄다리기 마당은 백 보쯤 되게 판판한 곳
사람마다 술에 취해 열 걸음 밖에서도 냄새 나네.
북소린 둥둥 그치지 않건만
외치는 소리 속에 북을 쳐도 안 들리네.
발꿈치로 버티고 목은 젖혀 휘어서
얼굴 들어 하늘 봐도 달 밝은 줄 모른다네.
시커먼 먼지가 콧구멍에서 폴폴 나고
언 땅을 깎아 뭉갰다가 다시금 구덩이 되네.
밀리게 되면 마치 사생 결판이라도 날 것처럼
옆에서 보기에도 이기네 지네 따질 겨를 없다가,
산이라도 무너지듯 갑자기 웃음 소리 터지고
싸움에 진 것처럼 남은 병사 끌어가네.
땀에 밴 옷이 차가운 채로 밤은 깊어가고
바람이 쌩쌩 불어 질끈 동인 수건을 휘날리네.
용수에다 막걸리 대충 걸러서
이기고 지고 가릴 것 없이 큰 잔에 돌리네.
태평세월에 나서 자라길 이제 한백년
이런 풍속놀이들도 모두 인정겹건만,
아아, 자네들 내다보는 눈이 너무ㅏ 짧으이
동해바다 게걸스런 고래놈들 바라보게나.

絆場如槃百步平, 人人醉薰十步生.
鼓聲未絕呼聲動 從此擊鼓無鼓聲.
千趾錯植項齊彎, 仰面不見天月明.
黑塵蓊勃出鼻底, 剗平凍地翻成坑.
當下若將決生死, 傍觀未暇論輸贏.
忽如崩山笑不休, 轍亂旗靡曳殘兵.
汗袍凄凜夜向闌, 抹帕飄拂風怒鳴.
村篘醨瀉薄薄醪, 無揀勝負輪深舩.
生老太平今百年, 此等俗戲皆人情.
嗟哉汝曹眼力短, 試向東海看饞鯨.

무장 의사 정시해의 죽음을 슬퍼하며
哀茂長義士鄭時海 · 1906

2

칼 빼어들고 종군하였으니 죽었어도 참으로 떳떳하여라.
의로운 깃발 휘날리며 참으로 당당하였네.
안타까울싸, 그대 상산의 혓바닥 지니고도[1]
흉악한 무리들 한바탕 꾸짖기도 못하다니.

杖劍從軍死固常.   義旗況復表堂堂.
惜君空有常山舌,   未把群凶罵一場.

■

1) 당나라 안고경(顔杲卿)이 상산 태수로 있을 때에, 안록산이 반란을 일으켜
   엿새 만에 상산을 함락시켰다. 고경이 눈을 부릅뜨고 꾸짖자, 녹산이 분을
   참지 못하고 천진교 기둥에다 그를 묶었다. 그래도 욕을 그치지 않자, 적들
   이 그 혀를 잘라버렸다.

4

거적에 싼 주검 처량케 길가에 내버려져서,
오가던 이들 말 세워놓고 눈물 흘려 옷을 적시네.
적성강 물이사 흘러도 그침 없으리니,
봄풀도 해마다 돋아 나라 위한 죽음²⁾을 제사하리라.

藁殯凄凉寄路傍.　　　行人駐馬爲沾裳.
赤城江水流無盡,　　　春草年年祭國殤.

2) 원문의 국상(國殤)은 초나라 굴원(屈原)이 지은 〈구가(九歌)〉 중의 한
수로, 나라를 지키다가 죽은 장수와 병사들의 영웅적인 기개와 장렬한
정신을 칭송하는 일종의 제가(祭歌)이다.

피 얼룩진 대나무*
血竹 · 1906

대나무가 땅 아닌 공중에 뿌리를 내렸으니
그 충성과 의리가 하늘에 뿌리 내렸기 때문일세.
산천도 빛을 바꾸고 왜놈 오랑캐들도 눈 휘둥그레졌지.
임금께서 들으시고 눈물을 비오듯 흘리셨어라.
네 뿌리 아홉 줄기 푸른 빛이 어슷비슷
서른세 이파리가 어찌 그리 아름다운지,
옷향기 아직 스러지잖고 칼에도 녹이 슬지 않아,
칼 머금으신 그때를 흡사 다시 뵙는 것 같아라.
자기 목 찔러 나라 은혜 갚은 분들 옛부터 많이 있었건만,
이처럼 장렬하셨던 이가 충정공 말고 또 있었다던가.
온몸이 의분에 떨어 칼로 찌르고도 아프질 않아,
세 군데나 베었지만 커다란 흙손으로 한 것 같아라.
정령이 환생하여 이제 피 얼룩진 대나무로 나셨으니,
하늘도 놀라고 땅도 흔들렸어라 어찌 이다지도 기이한가.
낮의 통곡 소리도 끊어지고 흰 병풍도 이젠 걷어낸 곳
거미줄만 늘어진 위에 먼지가 얽혀 이끼처럼 되었네.
푸릇푸릇 새잎이 나서 **빽빽**하게 무더기를 이뤘으니,
눈 부비고 다시 봐도 이 분명히 대나물세.

∎
* 충정공 민영환이 의롭게 순국(殉國)한 그 이듬해 4월에 대나무가 사당의
  뒤쪽 추녀 아래 돋아났다. 충정공이 자결한 칼과 피묻은 옷을 간직한 곳이
  다. 모두 네 뿌리 아홉 줄기 서른세 잎이 돋아났다. (원주)

늦봄에 깊은 가지가 껍질 쪼개고 움터
싸늘한 기운만이 대나무를 흔드네.
분명코 그날 솟구친 푸른 피가 아직 마르지 않아
점점이 대나무에 뿌려져 아름답고 푸른 대나무가 되었네.
귀신이 되셔서도 적을 죽이시고 장순[1]이 되소서.
다시 태어나셔도 오랑캐를 죽이시고 문천상[2]이 되소서.
저절로 대나무가 솟아났어도 일은 이루지 못해
이 한이 부질없이 천지간에 남았습니다.

竹根於空不根土.　　認是忠義根天故.
山河改色夷虜瞳,　　聖人聞之淚如雨.
四叢九幹綠爹差.　　三十三葉何猗猗.
衣香未沫刀不銹,　　悅復重見含刃時.
刎頸報國古多有.　　亦有烈烈如公否.
全身義憤刺不痛,　　一連三割如鉅朽.
精靈所化現再來.　　驚天動地何奇哉.

■
1) 안록산이 난을 일으켰을 때에 수양성(睢陽城)을 지킨 당나라의 충신
   (709~757)이다. 성이 함락되자, 잡혀 죽었다.
2) 원나라가 쳐들어왔을 때 끝내 항복하지 않고 절개를 지키다 죽은 송나
   라의 충신(1236~1282)이다. 〈정기가(正氣歌)〉가 유명하다. 문산은 그
   의 호이다.

畫哭聲斷素屛捲,
靑蔥扶踈森似束.
殘春窅窱解錦綳,
分明碧血噴未乾.
爲厲殺賊張睢陽,
空然化竹不濟事.

蛛絲旖旎塵爲苔.
百回拭眼看是竹.
一氣淒凜搖寒玉.
點點灑作靑琅玕.
復生勸胡文文山.
此恨空留天地間.

면암 최익현 선생의 죽음을 통곡하며
哭勉菴先生 · 1906

1

이항로(李恒老)께 공부하던 꽃다운 나이부터
불타는 백성 구하고자 상소로 이름 높았다네.
정학(程學)의 삼혼¹⁾으로 조정(趙鼎)²⁾을 떠받들었고
주자학 한 줄기는 진덕수(眞德秀)에게 힘입었어라.
선생의 문장이라고 경륜의 과업에서 벗어나랴,
절개는 어디서 왔나 도학이 근원일세.
재상이고 선비고 모두 끝 맺었으니
우리 나라 일천 년에 선생의 말이 남으리라.

英年抱贄蘗溪門.　　　救火人家位偶尊.
程氏三魂推趙鼎,　　　考亭一脈賴希元.
文章不出經綸業,　　　名節原從道學源.
宰相儒林都結局,　　　海東千載有公言.

■

1) 정씨는 송(宋)나라 때의 유학자인 이천(伊川) 정이(程頤)이다. 삼혼은
   그 제자 가운데 조정(趙鼎)은 존혼(尊魂), 왕거정(王居正)은 강혼(强
   魂), 양시(楊時)는 환혼(還魂)이라고 불렀던 것을 가리킨다.《송명신언
   행록(宋名臣言行錄)》별집 하 권4〈조정(趙鼎)〉
2) 송나라의 재상으로, 금(金)나라에 땅을 떼어 주고 화친하자는 진회(秦
   檜) 일당에게 맞서 나라의 근본을 튼튼히 한 다음 전쟁을 통해 실지(失
   地)를 회복하도록 해야 한다고 주장하다가 좌천되어 유배를 당했다. 죽
   기에 앞서 스스로 명정(銘旌)에 쓰기를, "몸은 기미성(箕尾星)을 타고
   하늘 위로 올라가지만, 기상은 산하가 되어 이 나라를 장대하게 하리
   라.[身騎箕尾歸天上, 氣作山河壯本朝.]" 하고는 밥을 먹지 않고 죽었다.
   《송사(宋史)》권360〈조정열전(趙鼎列傳)〉

2

의병의 북소리 꺾어지고 온 몸엔 핏자국만 얼룩졌는데
외로운 신하는 죽고 사는 것 아랑곳 않네.
속이 썩는 귀양살이 만리 남쪽에 잡혀온 몸[3]
대신의 지체라 삼 년이면 풀린다고 손꼽았었지.
바다 건너라 한동안은 소식마저 뜸하더니
하늘가에 큰 별 떨어졌단 소식이 들려왔네.
넋 부른다고 높은 곳엘랑 오르지 마소,
대마도 그 푸른 산이 보기도 싫구려.

義皷聲摧血雨斑.　　　孤臣判命笑談間.
腐心萬里南冠繫,　　　屈指三霜赤鳥還.
海外光陰來雁少,　　　天涯消息落星寒.
招魂且莫登高望,　　　厭見靑蒼馬島山.

■
3) 원문의 남관(南冠)은 초(楚)나라의 관으로, 포로가 되어 남의 나라의 감옥
  에 갇혀 있는 사람을 뜻한다. 진후(晉侯)가 군부(軍府)를 순시하다가 종의
  (鍾儀)를 보고서 유사에게 묻기를, "남관(南冠)을 쓰고 묶여 있는 자가 누
  구냐?" 하니, 유사가 대답하였다. "정인(鄭人)이 잡아 바친 초수(楚囚)입니
  다." ―《춘추좌씨전》 성공(成公) 9년 조.

3

아득한 동녘바다에 부상나무 갑자기 넘어져
감옥 위엔 무지개가 만길이나 치솟았다오.
모진 귀신 되리라 기약하고 돌아갔으니
대궐 앞에 버티시어 지켜주지 않으리오.[4]
거세찬 바람 앞에 동타는 넘어지고
싸늘한 조각달에 화학만 높이 떴다오.
고국 산천에는 빈 그림자만 푸르르니
가련타, 선생의 뼈를 어느 곳에 묻으리까.

扶桑忽倒海茫茫.　　　　雪窖虹騰萬丈長.
觀化正應期厲鬼,　　　　懋遺胡不作靈光.
銅駝委地罡風勁.　　　　華鶴沖天缺月凉.
故國有山虛影碧,　　　　可憐埋骨向何方.

■

4) 한나라 경제(景帝)의 아들 공왕(恭王)이 노(魯) 땅에 영광전을 지어 놓
았는데, 도적떼가 일어나 서경(西京)의 미앙궁(未央宮)과 건장전(建章
殿) 등은 모두 파괴되었으나 영광전만은 우뚝이 남아 있었다.

4

풍상에 시달린 머리 허옇게 세었지만
칼날 같은 고문 따위야 달게 여기셨어라.
나라를 잊지 못해 몸바쳐 상소하였고
영웅은 한을 품고 "강을 건너시라" 세 번 외쳤네.[5]
차가워지니 큰 새는 새 무덤을 찾아 날고
달 어두워지자 신룡도 늪으로 돌아가도다.
유신(庚信)처럼 빼어난 글솜씨 빌려다
천추에 맺힌 슬픔 〈강남부〉에 쏟으리라.

風霜鍊髮白鬖鬖.   劍樹刀山嗜若甘.
宗社關情遺表半,   英雄齎恨過河三.
天寒大鳥來新壠,   月黯神蛟返故潭.
欲借蘭成訶賦妙,   千秋哀怨寫江南.

■
5) 송나라의 대표적인 항전파(抗戰派) 종택(宗澤)이 울분으로 등창이 생겨 죽
   게 되자, "강을 건너 쳐들어가야 한다.[過河]'는 말을 세 번 부르짖다가 숨
   을 거두었다. 《송사(宋史)》 권360 〈종택열전(宗澤列傳)〉

5

싸움터에서 시신 거두기 이미 글렀기에
이역에서 유의 받들고 넋을 부르오이다.
신령이 흩어지지 않아 번개가 엄숙하고
모습조차 생생하여 해 달처럼 빛나도다.
하늘 알아 모진 형벌 면하셨지만
만리 밖 대마도서 죽어오심 슬프외다.
일흔을 사시고도 천년 사신 셈이오니
선생처럼 고귀한 운명 보기 드무외다.

裹革沙場事已違.　　殊邦呼復尙儒衣.
精靈不散風霆肅,　　顔貌如生日月輝.
天定幸無柴市痛,　　人憐死自冷山歸.
過年七十來千歲,　　歷數如公命好稀.

123

6

어룡조차 흐느끼고 귀신도 시름 겨워
너울너울 붉은 명정 바다 위에 떴어라.
마을마다 통곡 소리 삼백 고을 이어졌고
나라의 보배가 외론 배에 실렸어라.
두 주먹 불끈 쥔 게 살고파 그랬겠소,
옷에 밴 붉은 피까지 푸르게 변했어라.[6]
술 떨어진 서대(西臺)에 해는 쓸쓸히 지고
사고(謝翱)의 머리에는 눈발만 그득해라.

魚龍嗚咽鬼神愁.　　　獵獵紅旌海上浮.
巷哭相連三百郡,　　　國華滿載一孤舟.
握拳豈待還丹力,　　　藏血翻驚化碧秋.
酒盡西臺寒日暮,　　　謝翶軍亦雪盈頭.

---

6)《장자》〈외물(外物)〉에 "장홍(萇弘)이 촉 땅에서 죽어 그 피를 보관하였는
　데, 3년이 지나서 벽옥으로 변해 있었다." 하였다. 성현영(成玄英)의 주석
　에, "장홍이 참소를 받고 추방을 당하여 촉 땅으로 돌아왔는데, 충성을 다
　하고도 참소를 받는 것이 스스로 한스러워 마침내 배를 갈라 죽었다. 촉 땅
　의 사람들이 감동하여 그 피를 상자에 담아 두었는데, 3년 만에 변하여 벽
　옥이 되었으니, 이는 정성이 극에 달한 것이다." 하였다.

우리나라 여러 시인의
시를 읽고 나서

　점필재 김종직으로부터 삼연 김창흡에 이르기까지 조선
조 대표시인 14명에 대해서 시를 지어 평한 시평이다. 모
두 1907년에 지어졌다.

梅泉 黃玹

점필재 김종직
佔畢 · 1907

광릉[1] 시절 말년에 지어진 글들이 새로웠으니,
사원(詞垣)의 여러 시인들이 각기 참된 경지를 찾았구나.
거친 껍질이냐 늙은 뼈냐[2] 몹시 소란스러웠는데,
점필재가 마침내 두보를 배운 사람이 되었네.

歲晏光陵制作新.　　　詞垣諸子各尋眞.
麤皮老骨槎枒甚,　　　佔畢終爲學杜人.

■

1) 김종직(1431~1492)은 세조 5년(1459) 문과에 급제하여 문장으로 이름
   을 떨쳤다. 세조 때에 사육신 · 생육신 · 집현전 학사들을 비롯하여 시
   인 · 문장가들이 많았다. 광릉은 세조의 무덤이다.
2) 명나라 왕세정(王世貞)의 〈산곡서창려시(山谷書昌黎詩)〉에, "평소에
   산곡의 글을 보면 험측(險側)한 것으로 기세를 삼고, 횡일(橫逸)한 것으
   로 공력을 삼아, 노골(老骨)이 자빠지는 듯한 태가 자주 튀어나왔다.[老
   骨顯態, 種種槎出]" 하였다.

읍취헌 박은
挹翠 · 1907

택지도 땀을 흘리고 사화도 땅에 엎드렸으니,[1]
나이 어려도 기이한 재주가 있어 당해 낼 수가 없네.
노련한 기운이 너무 일찍 가을에 맞섰으니,
구슬나무에 날리는 서리를 부디 원망하지 마소.

擇之流汗士華僵.　　　年少奇才不可當.
老氣橫秋嫌太早,　　　莫將瓊樹怨飛霜.

■
1) 택지는 시인 재상인 이행(李荇)의 자고, 사화도 시인 재상인 남곤의 자이
　다. 둘 다 박은(1479~1504)의 글벗이었는데, 박은은 유자광을 탄핵하고 연
　산군에게 바른말을 하다가 스물여섯 젊은 나이에 처형당하였다. 박은과 이
　행의 시는 「한국의 한시」 총서 5권에 《박은 · 이행 시선》으로 엮어져 있다.

눌재 박상
訥齋 · 1907

붓 끝을 휘둘러서 곧은 기운 높고 우뚝하게 쏟았으니,
절반은 깔끄럽지만 절반은 기이하여라.
가을 나무에 두견새가[1] 전집의 으뜸이니
지금도 그 시가 어렵다지만 건릉[2]께서는 바로 아셨네.

直氣巖巖筆使之.   半爲生澁半嶔奇.
帝魄秋枝冠全集,   至今難解健陵知.

■

1) 《눌재집(訥齋集)》권4 〈숙오산문두견유감(宿鼇山聞杜鵑有感)〉 시에,
   "가을 나뭇가지에서 두견새가 다정하게 화답하네.[帝魄秋枝款款膺]"라
   는 구절이 있다.
2) 건릉은 조선조 22대 임금 정조와 효의왕후 김씨의 능이다. 경기도 화성
   군 화산에 있다. 여기에선 박상(1474~1530)의 시를 제대로 평가한 정조
   를 가리킨다. 정조가 일찍이 이렇게 평하였다.
   "요즘 박눌재의 시를 보니 그 힘이 곳곳에 미쳐 있어서, 읍취헌과 더불
   어 백중하다고 할 만하다. 세상의 여러 시인들이 기어서는 도저히 따라
   갈 수가 없다. 마치 자규가 가을 나뭇가지 위에서 우니는 듯 끊임없이
   글귀를 이었으니, 이 얼마나 삽상하고도 단련되었는가. 나는 눌재에게
   특별히 크게 느낀 바가 있었는데, 이제 그 시를 읽어보니 마치 그 사람
   을 만나 본 것과 같다."

호음 정사룡
湖陰 · 1907

아름다운 시 천 편이 이상은을 본받았으니,
익숙하게 엮어져 새긴 흔적을 찾을 수가 없네.
세상에 임기의 주석 없음을[1] 한탄하지 마소.
옛부터 시의 안목이 있었던 사람은 많지 않았네.

琳琅千首祖西崑.   熟處難尋刻鏤痕

莫恨世無林芑註,   古來具眼不多存.

■

[1] 수호(垂胡) 임기(林芑)는 여러 책들을 널리 읽었고, 게다가 남보다도 총기가 뛰어났다. 무릇 구류(九流) 백가(百家)의 기이한 책과 옛 글 가운데 그가 보고 읽지 않은 것이 없었다. 호음 정사룡(1491~1570)은 늘 그를 가리켜서 "걸어다니는 사전"이라고 말했다. 호음이 어쩌다 술자리에서 마구 시를 짓게 되면, 그가 인용한 고사에 알 수 없는 일들이 자주 나왔다. 대개 그가 거짓으로 만든 것인데, 남들은 그것을 알지 못했다. 수호가 일찍이 잔치 자리에서 호음을 모시고 있다가, 그에게 물어 보았다.
  "상공의 시에는 거짓말로써 남을 속인 것이 많이 있는데, 후세에 그것을 알 만한 사람이 없다고 생각하셨기 때문입니까?"
  "세상에 자네와 같이 견식이 있는 사람이 그 몇이나 되겠는가? 장난으로 지은 것들을 자기의 시집 가운데 넣지 않는다면, 어떻게 후세 사람들의 눈에 뜨이겠는가?"
  말을 마치고 서로 한바탕 웃었다. 호음이 병에 걸리자 수호에게, "자네가 반드시 내 시에 주를 달아 주어야 하네"라고 부탁했는데, 수호가 이를 승락했다. 그후 십여 년이 지나서 호음의 시집이 세상에 인쇄되어 나왔는데, 아무런 주도 없었다. 집의 어른께서 이 일을 수호에게 물으셨더니 그가 이렇게 대답하였다.
  "내가 일찍이 그의 시를 거두어다가 한 권을 다 주를 달았는데, 그 고사 및 문자를 쓴 것 가운데 대부분 거듭 나온 것이 많았네. 전체를 쭉 훑어보니 거듭 나온 곳이 갈수록 많아져서, 드디어는 주 다는 일을 중지해 버렸네." — 양경우 《제호시화》

소재 노수신*
蘇齋 · 1907

진도에서 귀양 사느라 높은 벼슬 오르기 늦었지만
큰별 같은 문장은 이때 이루어졌어라.
염매(鹽梅)의 사업¹⁾ 자세히 살필 것도 없으니
시는 이미 당년에 봉덕(鳳德)이 쇠하였네.²⁾

瘴江雷雨起龍遲.　　　星斗文章此一時.
不須細檢鹽梅業,　　　詩已當年鳳德衰.

■

* 노수신(1515~1590)이 1545년에 사간원 정언이 되어 간신 이기를 파면
시켰는데, 명종이 즉위하자 을사사화 때에 윤원형·이기에게 파면당하
였다. 1546년에 진도로 귀양가자 19년 동안 《논어》를 읽어 문장이 뛰어
나게 되었다. 선조가 즉위한 뒤에 누명이 벗겨져서 홍문관 직제학이 되
었다가, 1585년에 영의정이 되었다. 호음 정사룡·지천 황정욱과 함께
시인으로 이름을 날려, "호(湖)·소(蘇)·지(芝)"라고 불렀다.
1) 은(殷)나라 고종(高宗)이 재상 부열(傅說)에게, "내가 국을 끓이려고 하
거든 그대가 소금과 매실이 되어 달라.[若作和羹, 爾惟鹽梅]"라고 한 말
이 《서경(書經)》〈열명 하(說命下)〉에 실려 있다. 임금을 잘 보필하는
재상으로서의 역할을 가리킨다.
2) 초(楚)나라의 은자(隱者) 접여(接輿)가 공자의 수레 앞을 지나면서 노
래하기를 "봉새여, 봉새여, 어찌 그리 덕이 쇠한고.[鳳兮鳳兮, 何德之
衰]" 하였다. 이 시에서는 시문의 격조가 떨어졌음을 뜻한다.

옥봉 백광훈*

玉峯 · 1907

한 시대 울리던 호남의 시인 백옥봉이
참봉으로 십 년 살다 옹졸해졌음을 탄식했네.[1]
옛 글을 끌어오지 않고도 자연스레 글이 잘 되었으니,
그가 지은 오언절구의 시는 천추에 으뜸이었어라.

一代湖南白玉峯.　　郎潛十載歎龍鍾.
羌無故實居然勝,　　五絕千秋一大宗.

---

* 백광훈(1537~1582)은 최경창 · 이달과 더불어 삼당시인(三唐詩人)이라고
불렸는데, 그의 시는 「한국의 한시」 총서 7권에 《옥봉 백광훈 시선》으로 엮
어져 있다.

1) 원문의 용종(龍鍾)은 늙고 병들거나 시원찮은 모습이다. 백광훈이 시(詩)
로 이름을 날렸는데 얼굴이 시원찮아, 이름만 듣고 만난 사람들이 실망하
였다. 그가 한번은 부여의 백마강에서 뱃놀이를 하는데, 평소 그를 흠모하
던 어떤 기생이 백광훈에게 "어른을 뵈오니 꼭 조룡대(釣龍臺)와 같습니
다. 조룡대라 하여 굉장한 줄 알고 와서 보면 초라하여 소룡대(小龍臺)라
하듯, 어른을 뵈니 실망이 큽니다." 하였다. 얼굴 모습과 기백을 아울러 표
현한 말인 듯하다.

손곡 이달*
蓀谷 · 1907

어머니가 천하다 해도 시인의 이름은 알려졌고,
태헌의 칭찬으로[1] 명성 더욱 높았어라.[2]
유녀들이 봄 시름하듯 나약하다 탓하지 말라
거문고로 연주하면 정성(正聲)이 사랑스러워라.

■

* 이달(1539~1612)의 시는 「한국의 한시」 총서 9권에《손곡 이달 시선》으로 엮
  어져 있다.
1) 고제봉이 지금 사람의 시를 논하여 손곡(蓀谷) 이달(李達)의 시격(詩格)
   을 칭찬하면서, "세상에는 그와 짝할 자가 드물다." 라고 하였다. 내가
   말하기를, "손곡의 시는 만당(晚唐)에서 나와 비록 한 편 한 구절은 읊
   을 만하지만, 어찌 합하(閤下) 시의 농려(濃麗)하고 부성(富盛)함 만하
   겠습니까." 하니, 제봉이 말하였다. "어찌 쉽게 그 우열을 말할 수 있겠
   는가. 칠언율시나 배율(排律) 등을 짓는 데 있어서는 내가 그에게 양보
   하지 않겠지만, 단율(短律) 및 절구에 이르러서는 결코 미칠 수 없네. 지
   난날 서산(瑞山) 군수로 있을 때 이달을 동각(東閣)으로 맞이하여 여러
   달을 머물며 창화(唱和)했었네. 그런데 매번 절구를 지을 때면 감히 송
   인(宋人)의 시체(詩體)를 그 사이에 끼워 넣을 수 없었으니, 창졸간에
   당시를 배워 참과 거짓이 반반이어서 참으로 부끄러웠네." 내가 가만히
   생각해보니 문인들이 서로 경시하는 것은 예로부터 그러하였건만, 제
   봉이 손곡을 이같이 추대하여 자신보다 높은 자리에 두었으니, 더욱 그
   가 장자(長者)임을 알 수 있다. ─양경우《제호시화(霽湖詩話)》
   제봉이나 태헌은 모두 고경명의 호이다.
2) 원문의 위명은 후한의 이름난 장수 황보규(皇甫規)의 자이다. 황보규
   는 전장에서 많은 공을 세워 귀한 신분이 되었다가 은퇴하여 고향 안정
   으로 돌아오는데, 시인 왕부가 도착했다는 말을 듣고는 깜짝 놀라 일어나
   의관을 정제하지도 못한 채 허둥지둥 그를 맞이하였다. 그보다 앞서 안
   문 태수(鴈門太守)가 왔을 때는 제대로 예를 갖추지 않았으므로, 당시

無外家時有盛名. 苔軒權作後威明.
莫嫌游女傷春弱, 可愛朱絃引正聲.

　사람들이 말하기를, "이천석의 태수 보기를 일개 선비만도 못하게 하였네.[徒見二千石, 不如一逢掖.]" 하였다. 《고금사문유취(古今事文類聚)》별집 권24.

구봉 송익필

龜峯 · 1907

늙으막에 험난한 당적에 연루되어
십 년 변방 생활로[1] 떠돌이 신세가 됐었다오.
송나라의 성리학 이론과 당나라 시의 가락,
둘 다 우리나라에서 겸비한 이론 이 노인을 꼽으리라.

白首嶔奇黨籍中.　　　十年關塞感萍蓬.
宋儒理窟唐詩調,　　　屈指東方有此翁.

■
1) 송익필(1534~1599)은 미천한 집안에 태어났지만, 그의 학문과 인품으로 율
　곡 · 송강 등과 어울려 지냈다. 그의 제자 가운데도 사계 김장생 등 서인들이
　많았으므로, 벼슬하지도 않았지만 동인들에게 한통속으로 몰려 1589년에는
　다시 노예가 되었다. 그 뒤 함경도로 한 차례 귀양을 갔다가 1599년에 죽기까
　지 떠돌이 생활을 했다.

간이 최립
簡易 · 1907

웅장하지도 오묘하지도 않으면서 스스로 높여,
백발에도 의기양양 이름 내길 즐거워했네.
영원서 온 이여송이란 아이가 시를 보는 눈이 없어서
당대에 으뜸으로 추켜올려 사람들을 놀라게 했네.

非雄非奧自崢嶸.　　白首沾沾喜嚽名.
寧遠家兒無眼力,　　一時推轂使人驚.

■
* 최립(1539~1612)은 이름없는 집안에 태어났지만 문장을 잘 지어, 임진왜란 때에
　외교문서로 이름을 날렸다. 벼슬이 형조참판까지 올랐다.

난설헌 허초희
蘭雪 · 1907

세 그루 보배로운 나무가 초당 집안에 있는데[1]
으뜸가는 선녀의 재주는 경번에게[2] 주어졌네.
티끌 세상에선 오래 머무르기 어려울 걸 알았는지.
연꽃에는 달빛과 서리만이[3] 처량하구나.

三株寶樹草堂門.　　　第一仙才屬景樊.
料得塵寰難久住,　　　芙蓉凄帶月霜痕.

■

1) 초당 허엽(許曄)의 두 아들 하곡(荷谷) 봉(篈)과 교산(蛟山) 균(筠), 그리고 딸
인 난설헌이 시인으로 이름났다. 여기에다 큰 아들 악록(岳麓) 성(筬)과 초당
까지 합해 오문장가(五文章家)라고도 불렸다. 허초희(1563~1589)의 시는 「한
국의 한시」 총서 10권에 《난설헌 허초희시집》으로 엮어져 있다.
2) 경번(景樊)은 난설헌의 자이고, 이름은 허초희(許楚姬)이다.
3) 허난설헌이 외삼촌의 상을 당하여 강릉 외가에 갔다가 꿈에서 지은 〈몽
유광상산시서(夢遊廣桑山詩序)〉에 "부용 스물일곱 송이여, 달빛 찬 서
리에 붉게 떨어지네.[芙蓉三九朶, 紅墮月霜寒]"라고 하였다. 동생 허균
이 이 시에 "나의 누님은 기축년(1589)에 세상을 떠났으니, 그때 나이가
27살이었다. 그래서 '삼구홍타(三九紅墮)'의 말이 바로 증험되었다."라
고 주석을 붙였다.

석주 권필
石洲 · 1907

천추를 내리 훑어보아야 누가 나를 알아주랴.
사람들의 말로는 봉황지[1]에까지 이르렀다네.
비록 화계의[2] 자리에까진 들어가지 못했지만,
황산곡 · 진무이에겐 아니 빠졌으니 도리어 배울 만해라.

傲睨千秋孰我知.　　人言勝到鳳皇池.
縱然未入花溪室,　　不墮黃陳轉可師.

* 권필(1569~1612)의 시는 「한국의 한시」 총서 11권에 《석주 권필 시선》으로 엮어
　져 있다.
1) 궁중에 있는 연못 이름. 임금의 문서와 조칙 · 기무(機務) 등을 맡은 중서성을 봉황
　지라고 한다. 최립(崔岦)이 권필(權韠)에게 준 시 〈기권대아(寄權大雅)〉에,
　"지존께서 원고를 구해들이라 하셨다니, 봉황지에 드는 것보다 훨씬 낫구
　려.[見說至尊徵稿入, 全勝身到鳳凰池.]" 하였다.
2) 화계는 중국 성도(成都)에 있는 완화계(浣花溪)의 준말로, 두보(杜甫)가 만
　년에 은거했던 초당이 이곳에 있었으므로, 두보를 가리키는 말로 쓰였다.

연곡 싸움터에서
의병대장 고광순의 죽음을 기리며*
燕谷戰場吊高義將光洵 · 1907

겹겹이 봉우리 싸인 연곡사 골짝에
이름없는 이들이[1] 나라 위해 죽었네.
말들은 흩어져 논두렁에 누워 있고
까마귀떼 내려와 나무 그늘에서 나래치네.
우리네 문자 따위야 끝내 어느 짝에 쓸 겐가,
충신의 집안이라 그대를 당할 수 없구려.
가을바람 마주 서서 뜨거운 눈물 뿌리는데
새 무덤 오똑한 옆엔 들국화만 피었구나.

千峰燕谷鬱蒼蒼.　　小刧虫沙也國殤.
戰馬散從千隴臥,　　神鳥齊下樹陰翔.
我曹文字終安用,　　名祖家聲不可當.
獨向西風彈熱涙,　　新墳突兀菊花傍.

* 고장군이 싸움에 져서 죽은 뒤에, 산골 사람들이 그를 불쌍히 여겨 채소밭에 묻
  어주었다. (원주)
1) 원문의 충사(忠沙)는 전쟁에서 죽은 병사들을 가리킨다. 《고금사문유
   취(古今事文類聚)》후집(後集) 권37에, "주나라 목왕이 남쪽으로 정벌
   할 때 일군이 모두 죽으니, 군자는 원숭이나 학이 되고, 소인은 벌레나
   모래가 되었다.[周穆王南征, 一軍盡化, 君子爲猿爲鶴, 小人爲蟲爲沙.]"
   라고 하였다.

섣달 그믐
除夜 · 1907

온갖 어려움 겪으면서 또다시 한 해가 저무는데,
올해 이날 밤이사 지난해와는 달라라.
몇 곳에선 원숭이와 벌레들이 눈 속에 엎드러지고,
벌판마다 시랑이와 범들이 사람 앞에서 일어나네.
하늘 향해 성내고 꾸짖어도 끝내 보탬이 없고,
땅을 치며 미친 듯 노래불러도 스스로 가여울 뿐이네.
새벽 닭울음 뒤는 생각할 수도 없으니,
이 나라 새해 정월이사[1] 아득키만 하여라.

艱難又到歲除天.　　此夜今年異往年.
幾處猿虫僵雪裏,　　千郊豺虎起人前.
向空怒罵終無補,　　斫地狂歌只自憐.
設想不堪鷄唱後,　　王春消息轉茫然.

■
1) 원문의 왕춘(王春)은 《춘추(春秋)》 은공(隱公) 원년의 "원년 봄 왕의 정월
[元年春, 王正月]"이리는 기록에 대한 《춘추공양선(春秋公羊傳)》의 해설에
서 연유하여, 천하를 통일한 제왕의 봄이라는 뜻을 지닌다. 이 시에서는 조
선통감부 설치 후 고종(高宗)이 해아특사파견에 책임을 지고 퇴위한 1907
년 섣달 그믐날 밤에 지은 시라는 점에서 대한제국 마지막 정월을 가리키
는 듯하다.

목숨을 끊으며
絕命詩 四首 · 1910

1

어지러운 세상 부대끼면서 흰 머리가 되기까지,
몇 번이나 목숨을 버리려 했지만 그러지를 못했네.
오늘은 참으로 어찌할 수 없게 되니
가물거리는 촛불만 푸른 하늘을 비추네.

亂離滾到白頭年.　　幾合捐生却未然.
今日眞成無可奈,　　輝輝風燭照蒼天.

2

요사스런 기운에 가리어 황제의 별 자리를 옮기니
구중궁궐은 침침해져 햇살도 더디 드네.
조칙도 이제는 다시 있을 수 없어
종이 한 장 채우는데 천 줄기 눈물일세.

妖氣晻翳帝星移.　　九闕沈沈晝漏遲.
詔敕從今無復有,　　琳琅一紙淚千絲.

3

새 짐승도 슬피 울고 강산도 찡그리네.
무궁화 이 나라가 이젠 망해 버렸구나.
가을 등불 아래서 책 덮고 회고해 보니,
인간세상에 글 아는 사람 노릇 어렵기만 하구나.

鳥獸哀鳴海嶽嚬.　　　槿花世界已沈淪.
秋燈掩卷懷千古,　　　難作人間識字人.

4

일찍이 나라를 버티는 일에 서까래 하나 놓은 공도 없
었으니,
겨우 인(仁)을 이루었을 뿐 충을 이루진 못했구나.¹⁾
겨우 윤곡²⁾을 따른 데서 그칠 뿐
진동³⁾을 못 넘어선 게 부끄럽기만 하구나.

曾無支厦半椽功.　　　只是成仁不是忠.
止竟僅能追尹穀,　　　當時愧不躡陳東.

■

1) 《논어》〈위령공(衛靈公)〉에 "지사(志士)와 인인(仁人)은 살기 위하여
   인을 해친 경우는 없고, 목숨을 버려 인을 이룬 경우는 있다.[志士仁人,
   無求生以害仁, 殺身以成仁.]" 하였다. 국난을 당해 자결함으로써 지식
   인으로서의 도리는 다하였지만, 나라에 도움이 되는 충성을 한 것은 아
   나라는 뜻이다.
2) 송나라 사람. 몽고병들이 쳐들어오자 온 가족이 절개를 지켜 죽었다.
3) 송나라 사람. 간신들을 물리치라고 몇 차례 상소하다가, 저자 거리에서 목베임
   을 당하였다.

부록

梅泉 黃玹

황현(黃玹)의 자는 운경(雲卿)이다.

그 선조는 호남 장수(長水) 사람이었는데, 세종 시절 영의
정 희(喜)에 이르러서, 한양의 큰 집안이 되었다. 몇 대를 내
려오면서 자손 가운데 호남으로 다시 돌아가 사는 사람들도
있었다. 충청병사 진(進)과 사간원(司諫院) 정언(正言) 위(暐)
라는 사람이 선조·인조 때에 이름났지만, 그 뒤로는 보잘 것
없었다.

아버지 시묵(時默)은 정직하고도 의로웠다. 풍천 노씨에게
장가들어, 광양(光陽) 서석촌(西石村)에서 현을 낳았다. 현을
임신하였을 때에, 노씨는 태교법(胎敎法)을 행하였다. 비록 고
기 한 조각을 썰더라도, 반드시 똑바로 하였다. 현은 남들보다
뛰어나게 총명하고 영특하였다. 아직 어렸을 때에 벌써 시를
지어서, 사람들을 놀라게 했다. 스무살이 되었을 때 시골에서
몽매하게 지내는 것을 근심하면서 서울에 노닐러 갔다.

당시에 교리(敎理) 이건창(李建昌)의 문장이 선비나 사대부
들 가운데 으뜸이어서, 나라 안에 이름난 선비치고 강위(姜瑋)
로부터 그와 함께 노닐지 않는 사람이 없었다. 현이 시를 가지
고 그를 뵈러 갔더니, 건창이 그 시를 보고 크게 칭찬하였다.
이 때문에 현의 이름이 날로 일어났다.

태황(太皇·고종) 20년(1883)에 특별히 보거과(保擧科)가
실시되어 급제하였다. 현이 초시(初試) 초장(初場)에서 대책

(對策)을 지었는데, 시관(試官) 한장석(韓章錫)이 그 글을 보고 크게 놀라서, 뽑아내어 으뜸으로 삼았다. 그러나 시골 사람이라는 것을 알고서는, 바꾸어서 2등에다 놓았다. 보거과의 회시(會試)와 전시(殿試)는 몇 해 동안 실시되지 않았다.

광양에서 구례로 옮겨와 2년을 머물다가, 향공(鄕貢) 초시생(初試生)[1]으로 성균회시(成均會試) 2소(二所)[2] 생원시(生員試)에 나아갔다. 판서 정범조(鄭範朝)가 시관이었는데, 범조의 아우 주사(主事) 만조(萬朝)가 평소에 이건창을 통해서 현을 알고 있었다. 그의 재주를 매우 귀중히 여겼으므로, 범조를 보고 말했다.

"황현을 (급제자의) 앞 줄에 놓지 못한다면, 이번 과거는 치르지 않은 것과 마찬가지입니다."

범조가 그 말을 받아들여서 으뜸으로 뽑았다.

다시 성균관에 올랐으니, 이때부터 만조와 사이가 좋아졌다. 이 무렵이 되면서 밖으로부터 오는 국가의 근심은 나날이 많아졌고, 정치는 나날이 어지러워졌다. 현은 벼슬에 나아갈 뜻이 없어져서, 드디어 문을 닫아걸었다.

서울에 드나들지도 않고, 책에다 마음을 쏟았다. 서울에 있는 벗들이 어쩌다 글이라도 보내면서 아주 가버린 것을 꾸짖으면 곧 답장 보내길 "그대는 어찌해서 나를 도깨비 나라 미치광이들 속으로 끌어들이려 하는가? 나도 똑같이 미친 도깨비가 되란 말인가?"라고 하였다. 그 당시 문학을 하던 신기선(申箕善)·이도재(李道宰) 등의 고관들이 다투어서 사귀기를 바랐지만, 모두 물리

---

1) 지방에서 초시에 급제한 뒤, 지방장관의 추천을 받아 진사·생원시에 응시하러 온 사람.
2) 초시 및 회시 때의 응시자를 수용하던 둘째 시험장.

치고 응하지 않았다.

　광무 9년(1905)에 일본이 러시아를 이긴 세력으로 인해서 통감을 보내어 한국을 다스렸다. 이보다 앞서 현의 벗 개성사람 김택영(金澤榮)은 정세가 장차 위태로워지므로 벼슬을 버리고 중국 회남(淮南)으로 달아났었다.

　현도 이 무렵에 분개하면서, 그를 따라가 숨어 살고픈 마음이 있었다. 그래서 여러 차례 편지를 전하여 뜻을 통했다. 그러나 집안이 가난해서 돈이 없었으므로, 곧 결단내리질 못했다. 오직 옛날 어지러운 세상에 살면서도 몸을 깨끗이 지켰던 매복(梅福)·관영(管寧)·장한(張翰)·도잠(陶潛)·사공도(司空圖)·양진(梁震)·가현옹(家鉉翁)·사고(謝翶)·고염무(顧炎武)·위희(魏禧) 등 열 사람의 모습을 그려서, 각기 시를 지어 붙이고, 병풍으로 만들어 놓고 보았다. 융희 4년(1910) 7월에 왜놈들이 드디어 한국을 합병하였다. 8월에 현이 그 소식을 듣고서 매우 슬퍼하면서, 음식도 들지 못했다.

　하룻밤에 〈목숨을 끊으며·絕命詩〉 네 편을 짓고는, 또 아들에게 글을 지어 남겼다.

　나는 (벼슬을 안 했기에) 죽어야 할 의무는 없다.

　그러나 조국이 선비를 키운 지 오백년이나 되었는데, 나라가 망하는 날에도 국난(國難)을 위해서 죽는 사람이 하나 없다면, 어찌 통탄할 노릇이 아니겠는가. 내가 위로는 하늘로부터 타고난 천성을 저버리지 않고 아래로는 평소 읽었던 책을 저버리지 않으며, 어둠 속에 길이 누워서도 참으로 통쾌함을 누릴 것이다.

　너희들은 너무 슬퍼하지 말아라.

글을 마치고는 독약을 끌어다가 입에 넣었다.

이튿날이 되어서야 집안사람들이 알았다. 아우 원(曖)이 달려가서 보며, 할 말이 있는지를 물었다. 현이 "내가 무엇을 말하겠는가? 내가 글쓴 것을 보면 될 텐데…"라고 말하더니, 곧 웃으며 "죽기도 쉽지 않더군. 약을 마시려다가, 입에서 약사발을 세 번이나 떼었다네. 내가 그처럼 바보 같다니." 말하고는 곧 숨이 끊어지니, 나이 쉰여섯이었다.

앞서부터 노씨가 사람을 알아보는 눈이 있어서 시동생 원에게 늘 말하기를, "나라의 어려움을 당했을 때 죽을 사람은 반드시 그대의 형님이라오"하더니, 이때에 이르러 과연 들어맞았다.

현은 이마가 넓은 데다 눈썹은 드물었으며, 눈은 근시인 데다 오른쪽으로 꺾여졌다. 사람됨이 호방하고 시원스러웠으면서도, 모가 지고 꼬장꼬장했다.

악한 사람 미워하기를 원수처럼 했으며, 오만스러운 기백이 있어 남에게 허리굽혀 복종하지 않았다. 교만스러운 고관들을 만나면 얼굴을 돌리고 그들을 물리쳤다. 평생 사는 동안 자기가 좋아하는 사람이 좌천을 당하거나 귀양가거나 죽거나 상을 당하게 되었을 때, 천리를 걸어가서라도 위로한 적이 많았다.

책을 읽다가 충신이나 지사가 곤액을 겪거나 원통한 일을 당하게 되면, 눈물을 줄줄 흘리지 않은 적이 없었다. 학문은 고금을 통하였지만, 시속의 학자들을 따라 노니는 것은 좋아하지 않았다. 역대의 역사책에 실린 치란(治亂)·성쇠(盛衰)의 자취를 즐겨 살펴보면서 병제(兵制)·전곡제(錢穀制)에 이르기까지 관심을 두었다. 서양의 이용후생(利用厚生) 기술에도 일찍이 관심을 두어 그 시대의 어려움을 구제할 생각도 했었다. 지은 글들 가운데 시에서 더욱 소동파와 육유(陸游)의 풍이 있었다.

현이 죽은 이듬해에 호남과 영남의 선비들이 돈을 걷어서 《매천집》을 간행하였다. 매천(梅泉)은 현의 호이다.

한국이 망할 때에 현과 앞뒤로 목숨을 끊어 절개를 지킨 사람으로는 금산군수 홍범식(洪範植)·판서 김석진(金奭鎭)·참판 이만도(李晩燾)·장태수(張泰秀)·정언 정재건(鄭在楗)·승지 이재윤(李載允)·의관(議官) 송익면(宋益勉)·감역(監役) 김지수(金智洙)·무인 전주사람 정동식(鄭東植)·유생 연산사람 이학순(李學純)·전의사람 오강표(吳剛杓)·홍주사람 이근주(李根周)·태인사람 김영상(金永相)·공주사람 조장하(趙章夏)와 환관 반씨(潘氏) 등 열댓 명이 있었지만, 현이 문학으로 가장 이름이 났다.

김택영은 덧붙인다.

현의 시는 매우 맑고도 굳세다. 우리나라 문단에서 손가락을 꼽아도 몇 째 가지 않는다. 그는 예나 이제의 사람들 가운데 절개를 지키다 몸을 버린 사람들을 매우 많이 시로 읊었다. 간을 기울이거나 장을 뒤집지 않은 적이 없었으니, 그 아픈 슬픔을 다 표현한 뒤에라야 그만 두었다. 천성이 좋지 않고서야 그렇게 할 수 있었겠는가? 비단옷 위에다 갖옷까지 입은 셈이니, 비록 삼척동자라도 그 아름다움을 모르는 사람이 없었다. 게다가 현의 문장까지 거기에 더하여 그 절개를 아름답게 했으니 그 빛이 백세에 드리워질 것을 어찌 의심하겠는가?

— 김택영

매천 황현의 인간과 문학

매천 황현(1855~1910)은 구한말의 시인이다.

그의 시대는 파란과 격동의 연속이었다. 열강의 압박 속에 거듭된 정변의 소용돌이는 마침내 국권 상실의 비극을 불렀다. 전남 구례의 시골 구석에서 벼슬도 하지 않고 글에만 몰두했던 그는 망국의 상황 앞에 아무것도 할 수 없었다. 격랑의 역사 앞에서 그는 감연히 약을 먹고 자결함으로써, 선비의 서늘한 자존을 지켰다.

남아 있는 사진을 보면, 그는 유건(儒巾)에 학창의를 입고 돋보기를 쓰고 있다. 그는 지독한 근시였고, 오른쪽 눈은 사시였다. 유건 아래 돋보기를 쓰고 매섭게 정면을 쏘아보는 형형한 눈빛은 그의 면모를 너무나 잘 설명하고 있다. 그는 사람이 호방하고 시원스러웠지만 성격은 모가 나고 강직했다. 오만스런 기백은 남에게 허리를 굽혀 복종하기를 기꺼워하지 않았다.

벼슬이 높은 이를 만나도 본 체도 하지 않았다. 그러나 지기의 귀양이나 죽음 앞에는 천리 길을 걸어가서 위로하거나 문상하는 따뜻함도 있었다.

그의 자는 운경(雲卿)이니 본관은 장수(長水)다. 그는 철종 6년(1855) 12월 11일에 전라도 광양현의 서석촌(西石村)에서 가난한 시골 선비의 아들로 태어났다. 어려서부터 문명을 근동에 떨치었다. 이십세 되던 해 그는 청운의 뜻을 품고 한양에 올라왔다. 그 길로 당대 문명이 도저하던 이건창(李建昌)을 찾아다녔다. 매천의 시를 본 이건창은 탄복하여 나이를 잊은 사귐을 나누었다. 강위·김택영·정만조 등 쟁쟁한 청년 문사들과의 교유도 그를 통해 이루어졌다. 촌 구석에 이름 없던 시인이 중앙 문단의 내노라 하는 문인들 사이에서 당당히 어깨에 맞겨루게 된 것이었다. 그러나 벼슬길과는 인연이 닿지 않았다. 처음부터 매천이 벼슬길에 뜻이 없었던 것은 아니었다. 상경할 때 매천은 벼슬하여 집안을 다시 일으켜 보려는 의욕이 없지 않았다.

그는 29세 나던 고종 20년(1883)에 특별히 시행된 보거과 (保擧科)의 초시에서 장원에 뽑히었다. 그러나 그의 출신이 너무 한미했으므로 다시 2등으로 내려앉고 말았다. 이듬해 일어난 갑신정변은 그나마 벼슬로 입신하려던 그의 꿈을 좌절시켰고, 그는 낙향하였다. 34세 때(1888) 부친의 명에 따라 다시 상경, 생원 회시에 장원하였지만, 당시 민비 정권을 향한 극도의 혐오감은 매천으로 하여금 벼슬길도 마다한 채 귀향을 결행케 하였다. 매천은 당시의 정부 관료들의 무능과 부정부패, 가렴주구를 지켜보며, 이들을 '도깨비 나라의 미친 자들' (鬼國狂人)이라고까지 통매하였다. 이후 매천은 구례에 서재를 마련, 삼천 권이 넘는 책과 씨름하며 독서와 학문에 전념하였다. 이런 가운데에서도 갑오동학혁명과 이를 빌미한 청일전쟁, 갑오경장 등의 사건들이 잇달아 일어났다. 격랑의 역사 속에서 그는 현실에 등을 돌려 옛것에만 몰두할 수는 없었다.

《매천야록》은 매천이 1865년부터 1901년 8월까지 37년간 나라에서 일어난 사건들을 견문한 대로 적고 비평한 기록이다. 이는 단순한 사실의 나열이 아닌, 우국의 충정과 국운의 쇠미를 안타까워하는 비분강개가 명백히 살아 있는 역사의식과 비판정신의 발로였다.

1905년 을사보호조약이 체결되자 그는 김택영을 따라 중국으로 탈출을 결심하기도 했다. 그러나 여러 형편으로 실현되지는 못했다. 그렇다고 시골에만 파묻혀 있던 그가 본격적인 투쟁의 길로 나설 처지도 못되었다. 좌절감을 곱씹으며, 매천은 중국 역대 인물 가운데 난세에 절의로 이름 높은 인물 열 사람의 초상을 그려 시를 지어 붙이고, 이를 병풍으로 만들어 둘러놓고는 두문불출하였다. 그러던 중에도 1906년 면암 최익현 선생이 대마도에서 절사하여 시신이 돌아오매, 먼 길을 달려가 〈곡면암 선생〉 6수로 조상하였다. 꾀죄죄한 행색의 시골 선비가 놓고 간 만사였으므로 아무도 거들떠보지 않다가 뒤늦게야 그가 바로 매천이었음을 알았다는 일화도 함께 전해진다.

1910년 한일합방의 소식을 듣고 매천은 음식도 들지 못하고 슬퍼하였다. 그리고는 〈절명시〉 4수와 아들에게 유서를 남기고 약을 먹고 자결하였다. 벼슬을 안 했기에 죽어야 할 의무는 없다 하면서도, 이 나라 조선의 오백 년이 선비를 키워 왔음에도 나라가 망함에 앞서 나라 위해 죽는 자가 없다면 그것이야말로 통탄할 일이 아닐 수 없다는 뜻을 남겼다, 이때 그의 나이 쉰여섯이었다. 매천 자신도 자신의 자결은 인을 이룸이지 충은 아니라고 말했다. 그러나 그의 시대, 역사의 무게는 개인의 힘으로 감당하기에는 너무나 벅찼다.

그의 문집은 김택영이 1911년 중국 상해에서 7권 3책으로 간행하였다. 여기에는 818수의 시를 비롯하여 서간과 서발 논설 및 잡문 등을 수록하였고, 뒤에 2권 1책의 《매천 속집》이 1913년 상해에서 다시 간행되었나.

《매천야록》에 새겨진 우국의 충정과 근심어린 탄식이 있지만, 그는 타고난 시인이었다. 김택영은 매천의 시는 문보다 몇 배 더

좋으니 참으로 별재(別才)라고 감탄한 바 있다. 흔히 소동파와 육유의 풍격을 말하거니와, 시상이 맑고도 굳세다(淸切飄勁)고 한 것은 담백하면서도 깊은 울림이 있는 그의 시격을 높이 평가한 까닭이다. 매천은 편지 글 가운데서 자신의 문학에 대한 입장을 법고창신(法古創新)이란 말로 밝힌 바 있다. 그는 문학이 지녀야 할 문이재도(文以載道)의 효용을 중시하여 문장보국의 사명을 한시도 잊지 않았다.

매천의 시세계는 삶의 궤적에 따른 시사를 노래한 우국시를 주목한다. 그러나 그 밖에 풍속을 노래하거나 기행시 및 인사시, 만시 등 다양한 내용들이 문집에 실려 있다.

〈이 충무공구선가〉, 〈혈죽〉, 〈절명시〉, 〈곡면암 선생〉 등의 시편에는 국운의 쇠미 앞에 한 가닥 빛을 열망하는 우국상시(憂國傷時)의 애정이 짙게 표백되어 있다.

〈효효병〉과 〈오충시〉 등의 연작 및 장편들은 모두 지조 높은 선비의 삶의 자세가 잘 나타나 있다. 그 밖에 〈상원잡영〉 10수와 같이 정월 대보름을 맞이하여 옛 풍속을 되새기며 지은 풍속시와 마음 붙일 곳 없이 떠돌던 발길 속에서 나온 기행시도 많다. 만시도 상당수 있다. 이들 시에는 우국시와는 또다른 따뜻하고 섬세한 시인의 정회가 곡진한 가락으로 잘 묘사되어 있다.

〈독국조제가시〉 14수는 조선조 역대 시인에 대한 품평으로, 그의 날카로운 비평안이 잘 드러나 있다. 매천은 〈곡면암 선생〉의 셋째 수에서 "고국의 산천은 빈 그림자만 푸르른데, 슬프다 선생의 뼈를 어디에 묻으리오(故國有山虛影碧, 可憐埋骨向何方)"라 하였다. 또 키우던 난초가 뿌리 내릴 흙이 없음을 애달파하기도 했다.

〈절명시〉에서는 무궁화 이 강산이 이미 망하고 말았다고 했다. 그의 자결은 뼈 묻을 땅도 다 빼앗긴 참담한 현실에서 오백 년을 지켜온 선비의 기개와 정신마저도 빼앗길 수는 없다는 오롯한 자존의 결의에 다름아니다. 혹자는 그의 행동 없는 자결을 말하기도 하나, 그 죽음마저 없었다면 역사는 후세를 위해 무엇을 변명할 수 있을 것인가.

　서슬 푸른 비분강개만이 시인의 능사일 수는 없다. 매천의 시에는 시대를 읽는 날카로움과 치열함이 있고, 사물을 바라보는 부드러움과 따뜻함이 있다. 아무리 시인의 현실인식이 치열하고 첨예한 것일지라도 문학성과 예술성을 외면한 것일진대 그것은 이미 시라 할 수 없다. 구호일 뿐이다. 매천시의 문학성의 토대 위에 구축된 우뚝한 선비 정신의 절조는, 시인으로 그를 만나고자 하는 독자의 바람을 더욱 설레이게 할 것이다.

　　― 정 민(한양대)

原詩題目 찾아보기

옮긴이 **허경진**은 연세대학교 국어국문학과를 졸업하고,
동 대학원에서 문학박사 학위를 받았다. 목원대학교 국어교육과 교수와
열상고전연구회 회장을 거쳐, 연세대학교 국문과 교수를 역임했다.
『한국의 한시』총서 외 주요저서로는『조선위항문학사』,『허균 평전』,
『허균 시 연구』,『대전지역 누정문학연구』,『한국의 읍성』등이 있고,
옮긴 책으로는『연암 박지원 소설집』,『매천야록』,
『서유견문』,『삼국유사』,『택리지』,『한국역대한시시화』,
『허균의 시화』등 다수가 있다.

韓國의 漢詩 19

梅泉 黃玹 詩選

초 판 1쇄 발행 1992년 3월 21일
개정판 1쇄 발행 2020년 11월 30일

옮 긴 이   허경진
펴 낸 이   이정옥
펴 낸 곳   평민사

주   소   서울시 은평구 수색로 340 [202호]
전   화   375-8571(대표) / 팩스 · 375-8573
            http://blog.naver.com/pyung1976
            e-mail : pyung1976@naver.com

            ISBN 978-89-7115-771-8 04810
            ISBN 978-89-7115-476-2 (set)

등록번호   제25100-2015-000102호

  값   13,000원